les traces du ciel

Contes du Burkina Faso

Autres Contes de Bernard Germain Lacombe publiés aux éditions de L'Harmattan

2000
Cœur de savane, Contes d'Alassane Kanon sur Bobo-Dioulasso,

2000
La femme fleuve et le lamantin, contes

2001
La saison opaline, Contes nomades

2003
Petits contes des savanes du Burkina Faso

2003
Ethnographiques, carnets de voyages

2003
Contes de la pluie et histoires d'eau

Ouvrages de Christophe Ronel

Évocation de la femme dans les cultures du monde
« Être ainsi »
Portrait - entretien par Laurence d'Ist
Ed. area, Descartes et Cie, Paris, 2010
Imago Mundi
Arts Itinérance collection
Edité par le conseil Général d'Eure & Loir, 2008
Monographie : « Peintures, dessins, bois découpés »
Stella Arti Grafiche, 2006
Georges Sand, interprétations
Editions Jo Ca Seria, Musées de Chateauroux, 2004
Médinas d'épices et déserts mouchetés
Ed. Jacques Hurtrelle, Lille, 1994
Pierre Stéphane Proust (in)
Art Postal- Mail Art : « Le Temps retrouvé »
Editions Normandie Terre des Arts, Rouen, 2008

En collaboration :

& Michel Robakowski
« Le Passager de Rouen »
Editions Petit à petit, Darnetal, 2004
& Luis Porquet
« L'abécédaire a besoin d'air »
Ed. Christophe Chomant, Rouen, 2004
& Michel Robakowski
« Histoires d'Hanimaux »
Editions Christophe Chomant, Rouen, 2009
& Elisabeth Le Borgne
L'Age magique
Les feuillets d'Eole, Sotteville-sous-le-Val, 1997

Expositions principales de Christophe Ronel

Tant en France qu'à l'étranger, depuis une trentaine d'années, plus de quatre-vingt expositions personnelles ont été consacrées à Christophe Ronel, aussi bien dans les galeries qu'en centres culturels et musées :
— à Paris, Lille, Amiens, Le Touquet, La Baule, Rouen, Barbizon, Brest, Chartres, Grenoble, Lyon, Rouen, Montpellier, Nice, Saint-Jean-de-Luz, Saint-Malo, Saint-Valery-en-Caux,
— à Bruxelles, Casablanca, Marrakech, Sousse, Hanovre, Palm Beach, Singapour, Tokyo.

Il a participé à de nombreux salons et biennales : Salon de Mai Grand Palais Paris, Grands et Jeunes Grand Palais Paris , Comparaisons Grand Palais Paris, Art en Capital Grand Palais Paris, Salon d'Automne, Groupe 109 Grand Palais Paris, Art Paris, Saga, Linéart Gand, SIMAA Foire de Beyrouth, Biennale Internationale de Pékin, Artelys Bourg en Bresse, Start Foire de Strasbourg...

Ses toiles ont notamment été exposées :
— au château de Vascœuil, à l'abbaye de Cercanceaux, au Palais Bénédictine de Fécamp, à L'Hôtel de Région de Rouen, aux Archives de Chartres, au Conseil Général de Seine Maritime, dans la collection Brittany Ferries et au musée de Nice, ainsi que dans les musées :
Bourdelle, de la Poste (Paris) ; des Beaux Arts (Le Havre), de Louviers, de Châteauroux, de Chartres, de Brive, d'Aix-en-Provence ;
— aux musées de Gérone, de Sarajevo ; au Musée National de Chine à Pékin et au Musée National Chinois de Tianjin et à celui de Shanghai ;
— aux centres d'art et de culture de Taegu en Corée et de Sarria (Espagne) ;
— dans les musées japonais de Matsumoto, Fukuoka, Nagano ; au Forum International de Tokyo, à l'Aoyama Spiral Hall de Tokyo.

Ses œuvres figurent dans diverses collections publiques et privées en France, Belgique, Pays-Bas, Allemagne, Autriche, Suisse, Italie, Maroc, Liban, Etats-Unis, Canada, Brésil, Australie, Singapour, Japon et Aux Emirats Arabes.

A Paris, ses toiles sont présentées à la galerie Deprez–Bellorget.
(Voir : www.ronel.fr)

TERRAIN : récits & fictions

Collection fondée et dirigée par Bernard Lacombe

La collection terrain : récits & fictions prend en compte l'ambition des sciences sociales, sciences du récit par excellence, d'intégrer l'ensemble des formes d'écriture. Ajustant la forme de l'écrit au sens du terrain, explicitant ainsi l'expérience qu'ils ont vécue, les auteurs de cette collection interrogent, par leurs textes, le sens du récit et le poids de la fiction dans l'expression de l'expérience vécue.

Le logo de la collection terrain est conçu par Emilie Crouzet.

La plupart des œuvres littéraires de Bernard Germain Lacombe ont été publiées aux éditions de L'Harmattan, où il exerce par ailleurs une activité d'éditeur d'ouvrages de jeunes Africains.

Ce projet de livre est né lors d'une exposition commune avec Stéphane L'Hôte, photographe, réalisée à la Maison Henri IV de Saint-Valery-en-Caux en novembre 2004, où chacun présentait les pièces, tableaux ou photographies sur l'Afrique Sub-Saharienne. Mais comme les trois mousquetaires étaient quatre, si nous étions trois exposants, le quatrième larron était Philippe Dulong – lui-même fin photographe –, organisateur de cette exposition.

Cet ouvrage est donc l'occasion pour les deux auteurs d'exprimer leur amitié à Philippe et Stéphane, une amitié née à l'occasion de cette aventure culturelle.

Par ailleurs, Christophe Ronel a en cours avec Stéphane L'Hôte un projet d'ouvrage confrontant expression picturale et expression photographique à propos de thèmes africains.

Les auteurs remercient Emilie Crouzet, graphiste, qui a assuré la mise en page, le concept et la réalisation de cet ouvrage et s'Calpa pour son travail de coordination et de suivi de ce projet.

*Pour Sarah
pour Ambre et Gaïa*
Christophe Ronel

*Pour JosyAnne,
mystique et d'action*
Bernard Lacombe

1

*le singe blanc
et
les femmes claires*

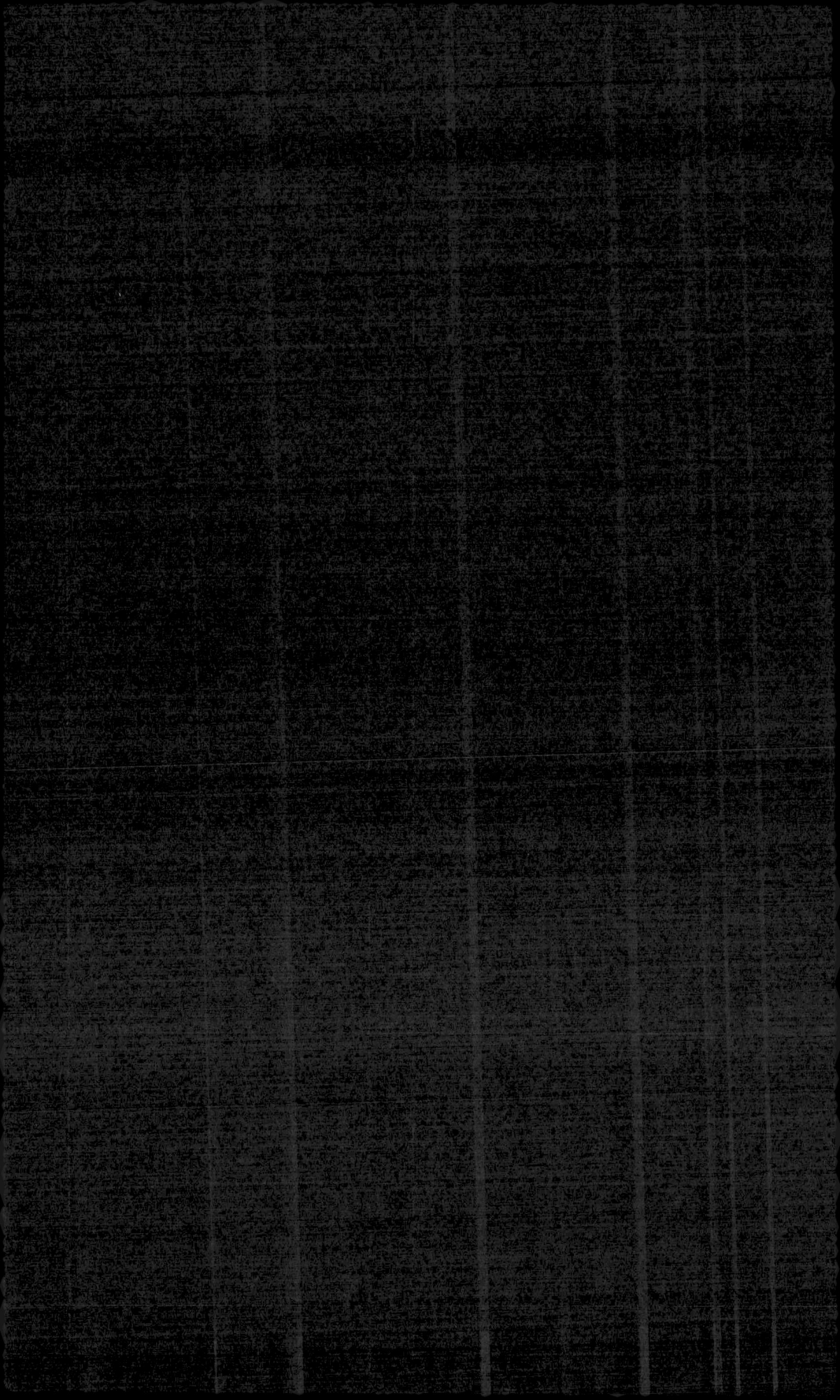

le singe blanc et les femmes claires

Dans les falaises de Banfora, autrefois, il y a bien longtemps, dans une époque dont le souvenir flotte encore dans la mémoire des hommes, était un djinn qui enlevait toute femme claire qui traversait son territoire.

Il habitait, pensaient les hommes d'alentour, en haut de la falaise la plus abrupte, celle qui surplombait un lac en forme de croissant de lune où nageaient des silures sacrés que l'on nourrissait de mangues. Ces dons votifs variaient leur ordinaire : fruits des arbres dont les racines plongeaient dans la vase des berges, oisillons qui tombaient du nid et de bestioles – lézards ou écureuils imprudents. Et même de jeunes singes étourdis chutant dans leurs cabrioles finissaient avalés. La forêt était envahie de lianes qui se hissaient jusqu'à la canopée pour rejoindre le soleil. Avec la profondeur qui augmentait, les arbres ne poussaient plus et laissaient un grand miroir d'eau au soleil. Une large cascade aux flots abondants plongeait dans le lac.

De chaque côté, au pied de la falaise, se trouvait une mince bande de terre couverte d'arbres dont la densité était telle que nul ne s'y risquait : seule une nombreuse troupe de singes y vivait dont les chamailleries fréquentes et les criailleries effaçaient parfois le bruit sourd de la chute d'eau. Dans les familles d'un village voisin, quand naissait une fille, on regardait avec inquiétude le bébé perdre cette couleur laiteuse qu'ils ont quand ils ouvrent juste leurs yeux au monde. Mais si la petite révélait qu'elle resterait claire, alors les villageois se mettaient à trembler, car ils savaient que le génie de la falaise viendrait la prendre quand elle serait nubile. Elle disparaîtrait, enlevée elle aussi. Par bonheur, cela n'était pas fréquent dans les populations de cultivateurs qui vivaient dans les savanes qui entouraient le lac, mais cela arrivait. Autant dire que les Peuhls, eux, ne fréquentaient guère les lieux, soucieux de protéger leurs troupeaux de la mouche tsé-tsé qui abondait dans la mare, et leurs filles de ce djinn plus friand de femmes claires qu'un roi mossi.

Une petite fille naquit dans une famille de paysans tchermas proche du lac et, dès que l'on constata que sa peau aurait des reflets de lait et pas ceux d'ébène, la famille fut terrorisée. Au lieu de se réjouir de cette naissance, on pleura des larmes amères. Mais, né bien avant elle, le bébé avait un frère, Samoriba, batailleur malgré sa jeunesse, et têtu. Du haut de ses dix ans, il déclara : « Ne pleurez pas, je la libèrerai de ce génie s'il vient la prendre ». Non content de braver le sort, le petit ajouta : « Je le tuerai ». Loin de rassurer sa parenté, celle-ci craignit que le génie n'entende le garçonnet et

ne vienne se venger de l'insulte en éliminant l'imprudent. Mais non, rien ne se passa. Les anciens le prirent à part et le sermonnèrent : « Tu es fou, ne vois-tu pas que ce djinn pourrait te massacrer ? Comment pourrais-tu espérer grimper sur la falaise ? » « Je la contournerai. » « Mais tu ne peux la contourner, de l'autre côté, elle est tout aussi abrupte. En fait, la demeure du génie est sur un piton rocheux, nu, glissant, même les lézards ne peuvent s'y accrocher. » Le jeune enfant ne dit rien, mais depuis ce jour il s'exerça à grimper.

Samoriba montait aux arbres et apprit à sauter dans le vide de rocher en rocher, de branche en branche ; il montait à main nue au tronc des palmiers dont la sève donne un vin capiteux. A se hisser à la force des bras le long des lianes, ses muscles se renforçaient. Il apprit à descendre à toute vitesse de roc en roc, de branche en branche, à se laisser glisser aux lianes et aux troncs. (S'il réussissait, se disait-il, il faudrait savoir fuir.) Il devint ainsi un grimpeur accompli et rapportait souvent des miels incomparables mûris dans les anfractuosités des falaises des montagnes environnantes, suave élaboration de pollens d'orchidées inconnues. Mais il ne tenta jamais de monter la falaise du djinn car, à l'évidence (et avec l'âge il sut distinguer l'exploit de la folie), bien plus difficile que tout ce qu'il vainquait avec son entraînement et son expérience. Un jour qu'il faisait ses exercices solitaires au pied de la falaise, un jeune singe tomba dans la mare, Samoriba plongea et l'attrapa juste avant que les silures ne le dévorent. Regrimpant sans attendre

à la cime des arbres, il redonna l'enfant à la mère qui criait de désespoir pour le fruit perdu de sa chair. Craintive, la guenon vint reprendre son enfant et s'écarta avec lui. Le feuillage les cacha aussitôt. Comme le jeune homme avait le respect du sacré, il alla en brousse chercher des fruits, des racines, et même de la viande de chasse et, pour cette occasion où il s'était permis d'interférer avec l'ordre des choses et celui de la nature, il demanda pardon. Il jeta de la provende aux poissons, en prenant bien garde de la découper en morceaux afin qu'ils puissent l'engloutir. Soudain, une pluie de fruits tomba sur la mare : c'étaient des singes qui, le voyant faire, l'aidèrent. A eux tous, ils firent si bien que les hôtes sacrés de la mare furent rassasiés. Et plus souvent qu'avant, il venait jeter aux silures de quoi manger, et toujours les singes l'aidaient.

De son côté, la gamine à peau claire grandissait. Elle n'avait jamais le droit d'aller aux champs. Surveillée continuellement par ses frères et ses cousins, ses pères et ses oncles, elle restait toujours au milieu des femmes. Nuit et jour... Quand elle grandit, elle ne voulait pas croire au danger et cherchait toujours à se sauver, sans jamais vraiment y réussir tellement chacun veillait à la garder. Le génie riait dans sa barbe, qu'il avait fort longue : il avait repéré l'enfant dès qu'elle avait fait ses premiers pas hors de la case de sa mère et il attendait. Il savait qu'il se saisirait de la fillette quand celle-ci serait femme et qu'il la ramènerait en haut de la falaise où étaient toutes celles qu'il avait raptées au cours des décennies passées. Les années ne touchaient pas sa demeure et

le temps n'y laissait pas sa marque, alors son harem s'était agrandi de génération en génération. (C'est avec le temps que se font les belles collections.)

Un jour, un grand vent de poussière s'abattit sur le village et aux yeux de tous, la fillette (que les femmes savaient depuis quelques jours qu'elle était des leurs ayant quitté l'état de l'enfance), disparut enlevée par un de ces entonnoirs de vent et de poussière qui naissent du sol et emportent avec eux feuilles et branches vers le ciel, laissant derrière eux un sillon de sable nu, comme celui que laisse la course des serpents. Tout le monde pleura la fillette perdue et, la première douleur passée, tous les regards se tournèrent vers son frère, maintenant dans la pleine force de la jeunesse. Il hocha la tête et partit vers la falaise, vêtu de son caleçon de coton et de sa coiffe de paille tressée et seulement armé de son arc, de quelques flèches serrées dans un carquois de bambou et de son coutelas. Les villageois ne savaient s'ils devaient l'encourager ou lui dire de renoncer, mais il avait déjà disparu.

Samoriba rejoignit les arbres et pénétra dans la forêt. Il allait d'arbre en arbre en prenant comme chemin l'entrelacement des branches, car au sol le passage était impossible. Quand il arriva au pied de la falaise, il chercha l'arbre le plus haut et y grimpa. Il examina la falaise : des fougères de place en place s'y accrochaient, des buissons aussi et même des arbustes survivaient sur les minces rebords... De l'un à l'autre, de grandes dalles rocheuses lisses et glissantes se voyaient,

inquiétantes par leur nudité. Soudain, le jeune homme sentit une présence : autour de lui, des singes. Il était entouré de singes, silencieux contrairement à leur habitude. Tous regardaient la falaise. Ils attendaient. Le jeune homme choisit une liane et, se balançant, lui donna de l'élan. A un ordre aboyé par les anciens, des singes se joignirent à lui et leur élan conjugué donna un ample mouvement de balancier qui, quand Samoriba lâcha la liane, le propulsa sur un rebord où s'accrocha à un arbrisseau rabougri luttant pour sa survie sur une petite motte de terre accrochée à la paroi. Sur la falaise, quelques singes avaient sauté en même temps et s'étaient éparpillés s'accrochant à d'autres anfractuosités. Les autres arrivèrent ensuite par les vagues de la liane encore en mouvement : à chaque approche du mur de la falaise, une grappe de quadrumanes se larguait pour s'agripper au rocher. L'ascension commença. Les singes faisaient la chaîne et gagnaient ainsi les anfractuosités supérieures. Puis ils s'occupaient de Samoriba. De saut en saut, aidé par la gent presque humaine, le jeune homme montait. D'étape en étape, les assaillants se hissaient vers le sommet de la falaise. Mais Samoriba ne pouvait aller plus haut. Avait-il fait tout ça pour rien ? Pour rien, ces années à se préparer pour ce jour et sauver sa sœur ? Alors les singes, du plus fort au plus jeune, firent une longue chaîne qui se balança et atteignit un rebord supérieur. Et ils aidèrent l'homme à grimper encore… Et sans s'en rendre compte, tellement l'effort effaçait-il l'objectif, ils atteignirent le sommet : les gros rocs n'étaient plus un obstacle et silencieusement, le jeune homme et sa troupe furent au bord d'un palais de rochers et de terre.

Ils se cachèrent. Des femmes riaient, s'amusaient… Toutes claires, toutes jeunes. S'il est un paradis pour les hommes – de sexe masculin –, Samoriba y était ! C'est alors qu'il remarqua que les accompagnaient dans leurs jeux de jeunes guenons. Ses compagnons aussi dévoraient des yeux le spectacle. Ils sortirent de leur abri et les jeunes femmes s'écrièrent, les guenons s'enfuirent. Mais celles-ci furent les premières à revenir. (La curiosité n'est pas forcément un vilain défaut.)

Le tohu-bohu de la rencontre de la gent des grands arbres se calma et rassurées, les femmes s'approchèrent aussi de l'homme et de son groupe. « Malheureux, dirent-elles au jeune homme, ne vois-tu pas que nous sommes les prisonnières d'un djinn puissant, un monstre féroce ? Il vous dévorera tous. Il n'aime que la viande ! Descendez dans vos demeures du bas tant qu'il est encore temps, car il finira par revenir avec la nuit. » Samoriba eût quelque mal à calmer tout le monde et interrogea les dames qui dirent : « Oui, ce génie infernal est notre mari, il nous a tirées de nos villages et campements. » Avec étonnement, le jeune homme apprit qu'elles étaient là depuis des années et des années. Pourtant elles ne vieillissaient pas ; elles restaient telles qu'elles étaient le jour de leur arrivée. Et la dernière arrivée ?… Oui, elle était là !, en pleurs dans une case que le génie avait construite de quelques feuillages, une case éloignée de ce rebord de la falaise. Samoriba allait cependant d'étonnement en étonnement : il apprit qu'était ici une de ses grand'mères, mais telle qu'elle était quand la mère de sa mère de sa mère était enfant, avec un corps nubile de petite fille !

De leur côté, supérieurs en cela aux humains car ils ne perdaient pas de temps en parlotes, les singes s'activaient. Ils étaient déjà en train de partir accompagnés des guenons : sur chaque escarpement, un singe était là qui réceptionnait les fuyards et les fugitives et tous disparurent bien vite. Cependant, un grand mâle était revenu tirant Somoriba ; leurs compagnons les appelaient et les femmes poussaient le jeune homme à les suivre. Mais il ne pouvait se décider ; les femmes n'étaient pas assez aguerries pour fuir avec lui par la falaise. De plus, sa sœur était là-bas, trop loin à ce qu'elles disaient pour qu'il l'aille chercher et la ramène avant le retour de leur geôlier. Elle au moins ! N'était-il là pour la reprendre ? Les femmes disaient aussi que leur tortionnaire viendrait les récupérer si elles fuyaient. Il s'obstina et à regret, le grand mâle des forêts repartit seul. Samoriba resta donc avec les femmes et les interrogea sur leur geôlier. Elles répondirent : « Il ressemble à un grand grand singe ; son poil est long, tout blanc ; il porte une barbe qui lui fait un tablier sur la poitrine et une culotte de peau d'hippopotame, un petit cache-sexe plutôt, qu'il ne le quitte jamais, même quand... » Alors que la nuit tombait, un grand vent souffla, terrorisant les femmes qui se dispersèrent.

Brusquement comme toujours, l'obscurité se fit. Pourtant Samoriba vit un grand nuage clair se former au-dessus du piton rocheux et soudain, le génie se matérialisa, son long poil blanc était lumineux. « Où sont mes femelles ? », hurla le grand singe, ayant remarqué l'absence des guenons mais pas encore perçu la présence de son rival humain. « Où sont-elles ? » Il courrait de partout à leur recherche.

Les femmes qui se dispersaient se mirent à hurler. Samoriba attendait que dans le désordre le monstre s'approche de lui. Quand les mouvements désordonnés qu'il faisait le mirent à sa portée, il fécha le génie sur le flanc, là où il lui paraissait vulnérable. Mais la flèche glissa sur le tablier d'hippopotame qui lui cachait le bas-ventre et, continuant sa course près de la lanière qui le retenait, elle ne fit qu'égratigner la peau. Énervé, sentant à peine la piqûre, le singe blanc gratta son épaisse fourrure tout en continuant sa route. Son geste releva son cache-sexe et Samoriba vit alors la peau nue qu'il cachait. Il comprit que là était le point vulnérable. La chance souriait au jeune homme. Alors, avant que le voleur de femmes et de guenons ne s'écarte de sa cachette, d'un bond il se précipita sur lui et plongea son coutelas de bas en haut dans la chair nue ; ce coup d'estoc ne suffisant pas, il tira la lame vers lui et ouvrit le ventre du djinn qui, hurlant de douleur, mourut dans sa tripaille sanglante qui palpitante s'échappait de sa blessure. Épuisé d'émotion, Samoriba s'assit à côté de sa victime vidée de son sang, vidée de sa vie. Ce n'était plus qu'une fourrure brumeuse s'effaçant dans le sol. Les femmes revinrent quand elles comprirent que le vainqueur était ce jeune homme et non, comme elles le pensaient dans les minutes qui précédaient, leur tortionnaire et geôlier. Conduit par les femmes, veuves joyeuses et libres enfin, il alla rechercher sa sœur pleurant dans sa petite hutte nuptiale dressée au bord opposé du plateau de grès. Samoriba resta quelques jours à explorer les lieux et finit par trouver une issue. Suivi des femmes, dont certaines

avaient si bien su remercier leur libérateur, il descendit dans la plaine et y fit halte encore une semaine, car il craignait que le temps, qui n'était pas passé sur les femmes prisonnières depuis longtemps, ne reprenne ses droits. Mais aucune des femmes ne vieillit pour autant. Alors, suivant Samoriba elles rejoignirent le village. On y célébrait justement les funérailles sèches de l'imprudent héros et de sa sœur. ("Sèches" puisqu'il n'y avait pas de corps à enterrer ; on procédait ainsi pour que ceux qui ont disparu et que l'on jugeait morts puissent connaître la paix dans l'au-delà, ce monde où désormais ils étaient des ombres – et laissent les vivants tranquilles à vivre leurs petits tracas.)

Samoriba raconta ses exploits à l'assemblée des anciens, qu'entouraient tous les villageois admiratifs, mais il se garda bien de dire qu'il ramenait des grand'mères des différents lignages du village. Les campements peuhls reprirent avec eux les femmes de leur race. Pour les autres, prudemment, Samoriba les dispersa en mariant les captives les plus récentes, les plus jeunes pouvant être imprudentes, dans les villages à l'extérieur et jugea bon de ne conserver avec lui et ses parents et voisins, que les plus anciennes qui se gardèrent bien d'ébruiter l'étrangeté de leur situation. D'ailleurs, le temps les reprit dans son cycle et elles vieillirent comme toutes les autres de donner des enfants à ceux qui les épousèrent.

La sœur de Samoriba, qui n'avait rien su des particularités de la vie avec le génie, se maria avec un paysan courageux. Elle appréciait que son

frère fût devenu par son exploit un si grand polygame ; quand elle voulait se reposer d'être l'unique épouse d'un brave cultivateur, elle aimait aller chez son frère où son propre travail était léger, car ses belles-sœurs la considéraient comme celle à qui elles devaient d'être redevenues des femmes ordinaires.

Quant aux singes du lac, il fut décidé qu'ils étaient tout aussi sacrés que les silures, et leur viande fut interdite. Seul désormais Samoriba allait les rejoindre : ses femmes cultivaient pour lui, et lui-même trouvait dans les arbres et sur les rochers nus de la falaise, la paix qu'il est difficile d'avoir quand on a un chez soi peuplé de trop d'épouses aimantes et toujours un peu jalouses les unes des autres, même si elles sont, comme celles de Samoriba, nanties d'une longue expérience de la

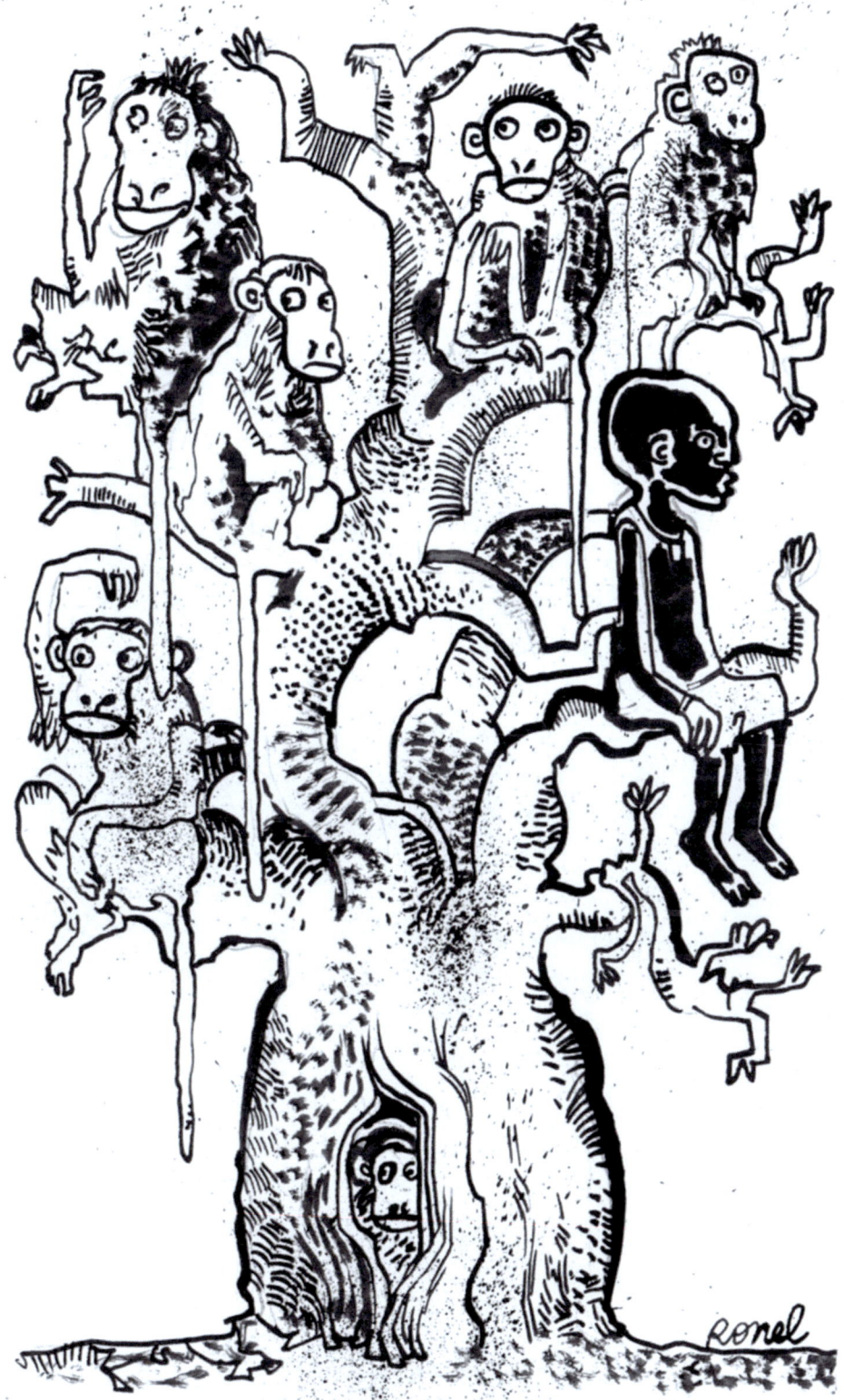

vie de coépouses.

A ce qu'il pensait, les grands mâles collés sur la falaise avec lui devaient avoir le même sentiment. Le pouvoir vous lance dans la démesure ou vous apprend l'humilité.

Le village avait donné la chefferie à son héros, qui la jugea vite encombrante. Mais il ne commit pas l'erreur de refuser ce rôle que chaque village doit savoir créer, sous peine d'éclater de ses dissensions internes. Quelques mâles de la tribu des singes avaient su eux aussi apprendre à gérer celui qu'ils avaient conquis, ou obtenu parmi leurs congénères. D'eux, l'homme apprit qu'un chef de harem n'est que celui par qui la femme devient mère, un simple moyen, un relais entre l'enfance et la maturité. Samoriba comprit qu'eux aussi montaient sur la falaise pour jouir de la grande paix qui y régnait.

Il les enviait, eux qui pouvaient grimper dans la joie et dans l'exercice de leurs fonctions, quand lui-même devait le faire en se séparant des autres humains. A vivre dans les arbres, baron africain perché tout autant que Côme Laverse du Rondeau (suivant la biographie qu'en fit Italo Calvino), Samoriba y trouvait d'autres frères soucieux de paix qui venaient recharger leurs hormones en les reposant. Quelque part, homme et singes étaient donc frères. Par nature, ils avaient la vocation de devenir de grands mâles : pouvoir, sexualité multiple ; nourriture abondante, riche et variée ; serviteurs, clients et affidés. Bravaches et protecteurs, polygames dans l'âme, ils conservaient leur position éminente en montrant leurs crocs aux petits ambitieux qui visaient leur place et ses avantages.

Mais au sommet de leur puissance, le goût de la méditation les prenait et, pour satisfaire les contraintes de la pensée, ils allaient se percher sur quelque rebord, sur un arbre rabougri, plutôt un bonzaï, d'où ils regardaient l'eau s'écouler ; ils écoutaient sa musique qui facilitait chez eux le long et lent flottement des pensées qui les traversaient et rendaient leur âme plus fluide, leur cœur plus aimant, leur patience plus tranquille, leur compassion plus efficace. Et aussi, leur joie était plus intense dans ces brefs moments où elle saisit l'être et le transporte. Qui la ressent atteint au sommet des hautes falaises où demeurent des djinns bons, ceux qui savent que le bonheur est de ne pas interférer avec la vie des uns et des autres. Tout aussi blancs que celui qui aimait les femmes claires, ou tout aussi sombres que les paysans qui travaillaient le mil et le sorgho dans les villages environnant le lac, ils pouvaient être tout aussi nus que les humains ou semblablement velus que les singes, ils se complaisaient à regarder vivre la brousse, palpiter les eaux, vibrer l'air et respirer tout être qui les peuple. Samoriba parfois, avec quelques grands mâles, eut la prescience d'être de ces génies qui ont atteint les lieux où le ciel et la terre se rencontrent et se fécondent.

2

l'aigle pêcheur
et
les lamantins

l'aigle pêcheur et les lamantins

Dans un village peuhl au bord du fleuve arriva une très belle jeune fille menant un troupeau de chèvres. Elle dit son nom : Djamwély. Elle fut très bien accueillie par les gens et elle se bâtit une hutte ronde avec des nattes posées sur des arceaux de bois souple. Prévenants et admiratifs de sa beauté, les jeunes gens lui construisirent un enclos de branches d'épineux emmêlées pour protéger ses chèvres des fauves. Les lions rôdaient ainsi que les panthères et même, au cœur de la nuit, les crocodiles s'enfonçaient profondément dans les terres à la recherche de bêtes endormies. Comme les autres femmes du village, Djamwély allait la poitrine nue ; elle n'était vêtue que d'un simple pagne ceint sur les reins. Toute sa richesse sonnait de cuivre et d'argent aux poignets et aux chevilles. Sa lourde chevelure ornée de laines colorées était tressée étroitement ; y scintillaient, étoiles dans un ciel noir, perles rouges et bleues, ferrets d'or. Curieusement, cette coiffure ne se défaisait jamais, comme si chaque jour on la lui refaisait. Elle était très belle et tout aussi sage. Les jeunes gens la courtisaient et se disputaient ses faveurs, mais aucun ne fut reçu. Chaque soir, Djamwély menait ses chèvres boire au fleuve et elle-même s'y lavait. Un grand arbre ombreux là où elle se baignait la cachait aux regards. Ce qui fit que les femmes se moquèrent d'elle : à qui importe d'être vue nue au bain ? La honte est pour celui qui voit, non pour celle qui est vue ! À quoi Djamwély répondit que seul l'homme qui l'épouserait la verrait nue.

Un jeune garçon, qui n'avait pas encore l'âge de courtiser les femmes, fit de Djamwély celle à laquelle il attacha sa vie. Son regard était rempli de l'image de la belle. Il l'accompagnait tout le jour, l'aidant à regrouper les chèvres quand venait l'heure de les faire boire. A l'entrée du chemin menant au fleuve, sur son ordre, il l'attendait : Djamwély descendait seule à la petite plage ombreuse où elle menait son troupeau se désaltérer et elle s'y baignait. Assis sur ses talons, l'enfant regardait la nuit venir et dès qu'elle pointait, son cœur bondissait : elle allait arriver ! Le léger piétinement des chèvres précédait Djamwély et le garçon remontait avec elle au village. Sa tâche était d'enfermer les chèvres dans leur enclos et il veillait à ce que la barrière d'épines les protège bien. La nuit, il finit par dormir devant la porte de nattes de sa bien-aimée, délaissant sa propre famille.

Et les jours et les nuits se succédèrent, aurores brutales déchirant de rose l'obscurité, crépuscules plus rapides que la chute d'une pierre qui ensanglantaient le ciel. Et des saisons aussi se suivirent : les pluies inondaient les plaines, faisaient renaître les rivières et déborder les marigots ; puis la sécheresse et le froid s'installaient, et avant que la pluie ne revienne, l'air était étouffant et dans la savane naissaient des fleurs annonciatrices des grandes tornades de l'hivernage. Le garçon devint jeune homme mais, enfermé en son admiration de Djamwély comme la chenille du karité en son cocon, il restait enfant. Sauf que, être

séparé de la jeune chevrière, ne fût-ce que quelques heures, lui parut soudainement insupportable. Il ne voulait plus la perdre de vue. Loin d'elle, il se sentait mourir. Alors, il consulta un marabout, si âgé qu'il était devenu impotent. Il tenta de dissuader le garçon, mais il était trop au fait de ce qui habite le cœur des hommes. Il comprit qu'il n'y avait rien à faire contre ce désir qui n'avait pas de nom. Il accepta. Ils firent ensemble de longues oraisons et après avoir consulté la configuration des cauris lancés sur le sable, le marabout lui confia une plume noire et blanche et lui dit : « A force de prières, ton vœu s'exaucera. » De prier, l'enfant n'y manqua guère et effectivement, un soir, alors que son amie le quittait juste pour aller se baigner, il se transforma en aigle pêcheur alors que le troupeau s'éloignait pour que la chevrière prît son bain.

Volant de quelques ondulations puissantes de ses ailes blanches cernées de plumes noires, l'aigle pêcheur se mit au sommet d'un arbre accroché à un talus de la rive : Djamwély arrivait avec son troupeau sur la plage du fleuve. Et là, il vit. Toutes les chèvres posèrent au sol leurs masques de bêtes! Elles rejetèrent leurs peaux et coururent à l'eau : c'étaient toutes de belles jeunes filles qui plongèrent leur nudité dans le fleuve où les rejoignit, après avoir posé ses bijoux sur son pagne, leur maîtresse, calme et sereine à son habitude. Le jeune garçon ne pouvait rassasier ses yeux et son cœur bondissait de joie de ne pas perdre de vue sa bien-aimée. Quand elles se furent baignées, l'une de ses compagnes lui refit sa chevelure et elles se rhabillèrent : reprenant leurs masques aux cornes de lyre, les nymphes se métamorphosèrent en chèvres et leur maîtresse reprit son pagne et ses bijoux. Quand elles quittèrent le fleuve, Djamwély vit un aigle prendre son envol et elle suivit le cœur bondissant son vol majestueux dans les dernières

lueurs du couchant. Le jeune garçon l'attendait comme de coutume et ils rentrèrent au village, où chacun accomplit ses tâches : elle de traire les chèvres, lui de les enfermer. Et les journées passaient, identiques : après le jour à courir la brousse pour faire brouter le troupeau, le soir au fleuve pour l'abreuver. L'aigle toujours perché près de la petite plage et que saluaient amicalement les nymphes, puis le bain, et la coiffure enfin... A la nuit, dans l'obscurité, la petite troupe retournait au village : Djamwély, après avoir bu le lait de ses chèvres, allait dormir tandis que son Peuhl fidèle couchait devant l'ouverture de sa paillote.

Le jeune mûrissait et devint un homme sans que Djamwély y prît garde. Changeant de saison de la vie, ses sentiments s'épaissirent et son émotion devint plus ardente. Il se perdait dans des rêveries indéfinies au point qu'un jour il n'y tint plus : de son arbre, son regard aigu regardait les marques que les nymphes laissaient sur le sable ; il voulut voir combien celles de sa bien-aimée étaient reconnaissables pour son cœur aimant. À peine Djamwély eût-elle quitté la plage et que son troupeau disparaissait derrière elle dans le sentier, qu'il descendit d'un coup d'aile de la branche où il était perché et, touchant le sol, y redevint un homme. Il reconnut la trace des empreintes laissées par celle qu'il aimait et voulut mettre ses pas dans les pas de Djamwély. Dans sa précipitation, il n'avait pas vu qu'une nymphe, une petite retardataire, s'habillait à la hâte pour rejoindre ses compagnes. Surpris tous les deux, la nymphe réagit la première et plongea dans les eaux noires du fleuve. Elle disparut, laissant sur la berge ses vêtements.
Le garçon, tout confus et agité, coupant dans les buissons, rejoignit à pied son poste à l'entrée du chemin avant que n'arrive la bergère. Heureuse plus que de coutume, elle n'entendit pas le souffle court du jeune homme et comme il

se tenait loin d'elle, elle ne sentit pas la sueur qui baignait son corps : la course avait été brève et violente.

C'est en rentrant ses chèvres que Djamwély s'aperçut que l'une d'elles manquait. Inquiète, elle repartit suivie de son amoureux qui profitait de la nuit pour cacher son trouble et sa honte. Arrivée sur la plage, Djamwély y trouva la peau et le masque de chèvre de sa compagne disparue. Son regard fouilla les buissons, cherchant où la nymphe se cachait, blessée peut-être... Un cri lamentable se fit entendre et les deux jeunes gens virent, sous la lune tôt levée, un lamantin souffler dans les eaux tourbillonnantes du fleuve, là où les herbes cessent de freiner son flot. « Qui a fait ça ? », murmura pour elle-même la jeune fille. Le silence pesant de son compagnon la surprit, et elle regarda son compagnon à la faveur de la lune qui se levait : son visage ne trahissait aucun étonnement ; la crainte qui se lisait dans les yeux grand ouverts et son regard penaud était un aveu. « L'aigle, c'était donc toi ? », demanda-t-elle après un moment de réflexion. Il hocha la tête, incapable de proférer un seul mot. Djamwély jeta sur le berger un long regard de tristesse, puis, se détournant de lui, s'approcha du fleuve, se dévêtit et entra dans l'eau. Une lourde masse soufflante s'éloigna et rejoignit le lamantin.

Tristement, encore trop jeune pour bien comprendre et trop épris pour penser, le Peuhl amoureux sentit sa vie s'écrouler : elle n'aurait plus le même sens, elle avait perdu sa lumière. Il revint sur ses pas et retourna au village. Tout le monde dormait. Il s'approcha de l'enclos des chèvres et l'ouvrit. Silencieuses, elles sortirent comme

si elles connaissaient la gravité de l'heure. D'ailleurs, elles devaient l'entendre car elles prirent la direction du fleuve, suivies de leur berger. Arrivées à la plage, les nymphes se dévêtirent, jetant sur le pagne abandonné de Djamwély leurs peaux et leurs masques cornus et, l'une après l'autre, allèrent rejoindre leur maîtresse et sa compagne que, de la rive, on entendait souffler.

Le jeune homme chercha des herbes, des feuilles sèches et quelques branchages ; il posa dessus les vêtements des nymphes et, tout en haut, les bijoux et la robe de Djamwély. Il battit son briquet d'amadou. Le silex, sous les coups répétés du fer, enflamma les herbes et les feuilles. À peine une flamme touchait-elle un vêtement qu'il s'évanouissait dans la nuit : ce qui avait caché des nudités interdites s'évaporait en étoiles multicolores qui filaient vers le ciel. Celle qui brilla le plus fut la dernière, c'était le pagne de Djamwély. Le feu s'éteignait, le jeune homme se dévêtit et jeta ses hardes sur le foyer encore brûlant. Puis il entra à son tour dans les eaux. Au loin, mais tout proche cependant, les lamantins s'ébattaient.

Quand il plongea, ses hardes fusèrent à leur tour dans le ciel. Quand il ressortit la tête pour respirer, son meuglement sourd fit vibrer jusqu'aux eaux du fleuve.

3
le lièvre, l'hyène et les deux lions

le lièvre, l'hyène et les deux lions

Un lièvre et une hyène étaient voisins. Nonobstant que l'un était si intelligent et la seconde si bête, ils s'entendaient et s'estimaient, allant jusqu'à collaborer pour nourrir leurs familles respectives.

Leurs terrains de chasse se situaient juste au-delà du territoire de deux très bons amis, deux lions, jaloux de leur territoire. Impitoyables, ils pourchassaient l'impudent qui le traversait. Se prêtant mutuellement assistance, ils étaient toujours vainqueurs dans la chasse. L'un rabattant sur l'autre la proie, ils la dévoraient en toute amitié et bon partage. Le lièvre et l'hyène, pour éviter la mésaventure d'une rencontre sanglante – pour eux – devaient éviter de prendre une voie directe et effectuer de longues marches harassantes par un grand détour. A l'aller, dans l'aube naissante, cela allait, mais le soir, chargés de gibiers, nos deux amis souffraient. Cependant, le lièvre tenait bon contre toute tentation et empêchait l'hyène de passer par chez leurs voisins ; il jouait la prudence et préférait marcher plus longtemps, porter plus longtemps, et rester vivant.

D'ailleurs, l'épouse de l'hyène disait toujours à son mari : « Écoute le lièvre, car il habite ici depuis bien longtemps que nous, et sa famille est toujours prospère et bien vivante ».

Un jour, querelle de femme ou de partage, les deux lions se chamaillèrent et en vinrent aux mains, ce qui chez ces félins fait quatre pattes bien griffues et pas mal de bruit : grognements, hurlements, cris de douleur et rugissements de victoire emmêlés. L'hyène voyant cela voulut couper au plus court. Le lièvre chercha à la dissuader mais l'épouse se mit de la partie, elle avait faim. Voir vite revenir son mari la besace pleine lui fit perdre toute la considération qu'elle portait au lièvre : « Nos deux ennemis sont bien trop occupés pour que nous risquions quelque mésaventure. Ils sont fort bien attachés à s'entre-déchirer, nous ne courons nul danger. »

La femme du lièvre intervint : « Ma commère, restons prudentes. Les lions sont forts et nos maris pourraient nous revenir lacérés, éclopés, ou pire, pourrions-nous encore nous retrouver veuves et nos enfants orphelins ! Qui nous aiderait à les élever ? » Mais l'hyène ricana : « Faibles lièvres, couards et fuyards ! (Et elle continua à l'adresse de son mari :) « Va, toi ! Ta mâchoire est puissante et vit-on jamais hyène servir de repas à un lion ? » Le lièvre argumenta à son tour. Il prônait la patience, parlait de sûreté... mais que pèse la parole d'un ami auprès de celle de l'épouse ? Quel poids a la raison dans l'esprit d'un imbécile ? L'hyène partit en ligne presque droite à travers le territoire ennemi, se cachant seulement dans les buissons qui bordaient la clairière, champ clos de la joute des deux lions. Elle allait d'un abri à l'autre, galopant

dans l'herbe entre deux pauses peureuses où elle reprenait son souffle. Il lui semblait que sa peur lui venait plus du vacarme des deux grands seigneurs que de la violation d'un vieil interdit qui, d'être si ancien, en prenait une nature presque religieuse. Quant au lièvre, il regardait tristement son compère s'éloigner. (Perdre un ami, même un peu stupide, est toujours une douleur.)

Soudain, dans une tache de soleil de la brousse, un des combattants vit le trait gris de la robe de l'hyène. Il sauta de côté au lieu d'attaquer et bondit hors d'atteinte de son adversaire. Le second lion comprit que quelque chose d'anormal se passait et rompit l'assaut qu'il lançait ; puis il vit aussi l'hyène. La querelle cessa aussitôt, d'ailleurs aucun des deux ne savait plus de quoi il était question... Les fauves se lancèrent à la poursuite de cette nouvelle proie. L'un lui coupa toute retraite et l'autre sonna l'hallali. Rattrapée, l'hyène périt sous les féroces mâchoires, même si elle-même mordit cruellement l'un ou l'autre de ses deux poursuivants. Désespérée en son balcon d'où elle regardait comment le sort la faisait veuve, l'hyène insulta le lièvre : « Tu savais ! Tu savais ! Pourquoi n'as-tu rien dit ? » « Je te l'ai dit, répondit le lièvre, mais il n'est pire sourd que qui ne veut rien savoir. Que deux fauves s'entendent et ils travaillent de concert pour se saisir de leur proie ; qu'ils se querellent et tout gibier les réconcilie. »

Cette morale est applicable en mille situations. Les contes disent souvent qu'il ne faut pas être le bâton de la discorde, on voit ici qu'être le bâton de la concorde est tout aussi périlleux.

4

le quatrième pèlerinage
de Sawadogo Mouhamadou
le Bienheureux

le quatrième pèlerinage de Sawadogo Mouhamadou le Bienheureux

Monsieur Sawadogo Mouhamadou était un homme d'exception. Parti de pas grand-chose, il avait franchi les différents pas qui mènent à la richesse. Aussi, quand il acquit le titre d'el hadj à son premier retour de La Mecque – où il se rendit en pèlerinage lors du mois saint de ramadan – tous ses admirateurs lui donnèrent le titre de bienheureux. Il savait lire et écrire et eût pu prendre un poste de scribouillard dans l'administration naissante de l'État postcolonial des années 1970. Pourtant, au grand dam de sa parenté, il prit un emploi de simple ouvrier dans le bâtiment. A l'essai, il comprit qu'un poste de gardien de nuit était moins fatigant et plus lucratif quand on était agile d'esprit et subtil en affaires. Sans hésiter, il monta son entreprise de construction grâce au capital conséquent en matériaux et outillages qu'il détournait. Il les faisait transférer discrètement des entrepôts ou chantiers qu'il gardait, à un vague terrain caillouteux qu'il s'attribua. Ce n'était pas très difficile : Ouagadougou était dans ces décennies une petite capitale que deux autorités légitimaient : la cour du Mogho Naaba, empereur des Moose, et l'administration moderne. Temps béni où la ville se construisait et où le tracé des avenues l'emportait sur celui des habitations. Qui déambulait s'étonnait de ces routes nues recouvertes de latérite pilée tracées au milieu de nulle part.

Sawadogo fonda sa fortune en obtenant la propriété légale pleine et entière de terrains dont personne ne voyait l'intérêt et qu'il occupait sans vergogne en les transformant en entrepôts. Prudent et prévoyant, il eut à cœur d'assumer les frais parallèles des employés du cadastre, moins onéreux que ceux de leur administration, élargissant du même coup sa clientèle. Comme entrepreneur, il construisit d'abord des villas qu'il louait. Quand la pression urbaine s'accrût, il devint propriétaire d'immeubles locatifs : le Bienheureux veillait à consacrer tout l'espace à la construction pour le rentabiliser : cours intérieures exigües et parking dans la rue. C'est à cette époque qu'il fit son premier pèlerinage sur les Lieux saints. Sawadogo Mouhamadou eut même l'adjudication d'une portion de route sur laquelle, compte tenu de la conception et de l'exécution "façon-façon" de sa fabrication, il y eut trop d'accidents et de morts pour qu'il obtienne qu'on lui confiât jamais une autre voie publique. Pourtant, il l'avait jouée modeste : n'était-il pas venu, en grand boubou et enturbanné comme un hadj doit l'être, à califourchon sur un âne pour affirmer à tous combien il était soucieux des deniers publics ? En politique, l'apparence est tout et dans cette affaire de route, il l'avait explosée avec trop de panache et d'imprudente impudence pour que même un ministre vorace l'appuie pour un nouveau marché public. Il n'en fut guère affecté, les ballades en âne ne lui plaisaient guère. Pourtant, il avait par ce coup d'éclat dans les travaux

publics amorcé la pompe à finances. Suivre les conseils qu'on lui donnât ne lui plaisait guère : ces grands chantiers coûtaient très cher, non pas à construire vu les méthodes qu'il y employait, mais à conserver. Le pays manquait cruellement de techniciens, et en importer coûtait. S'associer ? Mais beaucoup d'entreprises étaient encore dirigées par des blancs, et tout le monde sait qu'un blanc est incorruptible, donc très très cher – mais en ce monde, heureusement, tout se vend. Et puis, les routes sont dangereuses, alors il fallait payer pour éteindre les plaintes, non tant des plaignants que de la police toujours à l'affût d'une bonne affaire ; enfin, éviter la justice entraînait des frais qui parurent exorbitants et inutilement stressants à Mouhamadou : une personne de sa condition se devait de les éviter.

Il sut manier le petit capital supplémentaire obtenu – qui restait conséquent quoique bien grevé des pots-de-vin – et il étendit ainsi ses activités dans le commerce des grains d'Accra à Niamey, de Cotonou à Bamako, et gagna beaucoup à se mettre en cheville avec les caritatifs qui, à la faveur de la sécheresse qui ravageait le continent, prirent pied en Afrique et y déversèrent des tonnes de blé, dont quelques-unes arrivèrent à destination, souvent par hasard. Ce qui vérifie la double observation que l'enfer est pavé de bonnes intentions d'une part, et que d'autre part l'action donne toujours des résultats imprévus. Dieu seul sait Qui sait tout.

Comme entrepreneur et grand commerçant, il mit au point un système d'une grande simplicité : cela consistait à ne payer ses ouvriers et employés que très mal et rarement, prétextant qu'il manquait d'argent. Le chômage à Ouagadougou faisait qu'il pouvait renouveler son personnel sans problème tant le caractère du Mossi est industrieux – et appâté par le gain, misérable travers né d'une grande pauvreté. Sawadogo Mouhamadou ne remboursait jamais les notes de frais, ce qui lui faisait économiser pas mal d'argent : il estimait que le salaire qu'il donnait à ses agents devait leur permettre de l'aider. De l'aider lui. Lui, leur bienfaiteur. Quant à ses fournisseurs, Sawadogo en eut vite effectué une sélection implacable. Il élimina ceux qui demandaient les paiements comptants à date fixe – chiens qui voulaient importer au Burkina des habitudes européennes dont la plupart restaient quand même contraires au Saint Livre ! Car de l'Al Koran, Monsieur Sawadogo en faisait son affaire, pouvant l'interpréter à loisir : s'il ne savait pas lire l'arabe, du moins était-il allé trois fois à La Mecque. Mais il était trop modeste pour se faire appeler "el hadj". Il se contentait de l'être. Un marabout lui avait même prédit qu'il irait quatre fois se recueillir sur la pierre noire de la Kaaba (ce qui faisait qu'il ne se pressait pas trop d'y retourner, craignant ainsi d'abréger sa vie terrestre qui, pour méprisable qu'elle est, reste la seule que nous sachions certaine).

Il avait découragé, par les impayés qu'il leur laissait, toutes les entreprises qui avaient eu l'imprudence de collaborer avec lui. Ne lui restèrent que celles des fournisseurs et sous-traitants qui étaient à bas prix : certes, elles n'avaient ni capital ni machine mais elles n'étaient pas gourmandes ; certes, leurs ouvriers ne disposaient d'aucune formation mais ils avaient l'art d'utiliser les trois outils de base du travail manuel : coupe-coupe, marteau et pièce plate de fer, dite alternativement couteau ou tournevis...

De plus, ces petites entreprises pleines d'imagination créatrice, qualité que Sawadogo reconnaissait aux Moose, ses compatriotes, avaient beaucoup d'audaces techniques et de l'inventivité à revendre. C'étaient celles du secteur dit informel, car il ne se formalise pas de ne jamais payer d'impôts, sauf si l'on peut admettre que verser des pots-de-vin est contribuer à la rémunération des fonctionnaires de l'État (et pour certains, ces

salaires parallèles sont leur plus grosse entrée pécuniaire). Les entrepreneurs de l'informel n'embauchaient jamais que dans leur parentèle, ce qui leur évitait les grèves mais pas forcément les mouvements du personnel, chacun voulant "s'indépendantiser" dès que l'occasion s'en présentait. Mais globalement, la parenté du patron était déjà bien heureuse d'avoir assuré un tô le soir – cette polenta des Burkinabè – nageant dans une eau sale (pompeusement appelée soupe s'il y nageait un os, ou sauce s'il s'y perdait une feuille) et un hébergement dans une pièce surpeuplée. Si ces entreprises ne disposaient pas de camion, elles disposaient de charrettes à âne ; et quand l'âne manquait, épuisé par les mauvais traitements et la faim, on mettait les apprentis entre les brancards. D'une manière générale, Mouhamadou préférait ses coreligionnaires qu'il pouvait toujours menacer du haut de Sa Sainteté trois fois renouvelée. Si ses compatriotes n'étaient pas de l'Umma, il n'y avait aucune raison de les avoir en pitié : sous-traitants et fournisseurs adoraient les fétiches et alors on pouvait les considérer comme quasi infrahumains. Pour Sawadogo Mouhamadou, qui n'était musulman était idolâtre. Ne valaient guère mieux les gens du Livre qui s'obstinaient dans l'erreur coupable de ne pas reconnaître le vrai Dieu et professer leur soumission à l'Unique. Chrétiens ou juifs, ils n'avaient pas embrassé la Vraie Foi et donc ne méritaient que mépris. (Il n'avait jamais vu aucun juif, mais il les détestait d'une haine sans faille pour occuper les lieux saints de Jérusalem.)

Dans les cas où il devait lui-même disposer de main-d'œuvre en propre, il se révélait alors un des bons employeurs de la place pour ces jeunes tâcherons à peine nubiles qui tirent et poussent à la force de leurs muscles du dos et des bras les lourds tabliers sur quatre roues, surchargés de matériaux si pesants que même les ânes ne peuvent les mouvoir. C'est à Sawadogo Mouhamadou qu'appartenaient nombre de ces convois de charrettes qui allaient de ses propres entrepôts aux quartiers où fourmillaient ateliers et boutiques en gros. On voit à Ouagadougou ces jeunes hommes, frais débarqués des campagnes, traverser aux croisements des rues, craintifs et apeurés, craignant jusqu'aux cyclistes imprudents sans foi ni frein, qui les heurtent en passant et en appellent à la police au moindre accrochage ; sans parler des voitures qui leur coupent la route et des camions qui n'ont pour toute pédale qu'un accélérateur, car un camion, c'est fait pour rouler, pas pour rester immobile (déjà qu'une panne d'essence l'arrête plus souvent qu'à son tour). Les accompagnent parfois, accrochés aux montants de fer, un ou deux vieillards dont la seule fonction est servir de freins ou de retenir les paquets de la chute quand la charge mal arrimée risque de glisser du tablier.

Quant à l'entretien de ses immeubles locatifs, c'était de la même eau : Sawadogo Mouhamadou ne les entretenait pas et n'effectuait jamais une réparation. On lui coupait l'électricité dont il n'avait pas honoré les factures et ses locataires lassés en arrivaient même à ne pas payer leurs loyers, quand bien même étaient-ils étrangers et vulnérables. Mais tout cela n'empêchait pas Monsieur Sawadogo Mouhamadou de dormir : il continuait à vivre douillettement sur son argent amassé, lequel faisait des petits de lui-même, par simple parthénogenèse semblait-il. Des devoirs d'un bon musulman, jamais le Bienheureux n'oubliait celui de l'aumône. (La richesse n'est rien sans le don aux pauvres, et sans eux, le riche perdrait toute raison d'être.) Pour eux, dans aucun de ses immeubles l'eau ne manquait, sauf quand les pouvoirs publics la lui coupaient, eux dont on sait qu'ils ne respectent pas la charité des saints hommes qu'ils taxent. Il y avait toujours une porte ouverte vers les cours exiguës de ses immeubles. Ces cours ou courettes étaient encombrées de charrettes à bras portant un fût de deux cents litres que les porteurs d'eau utilisent pour distribuer ce bien de première nécessité dans les quartiers dépourvus de fontaine en état de fonctionnement. Des gardiens d'immeuble, les porteurs d'eau obtenaient l'autorisation de remplir leurs tonneaux contre une rémunération que percevait avec attention leur patron qui savait lire les factures et semblait être là pour comptabiliser les entrées et sorties de ces charrettes à bras.

Sawadogo était obligé d'agir ainsi puisque les locataires ne voulaient pas payer la facture du robinet commun quand eux-mêmes disposaient d'eau courante dans leurs appartements. Ils étaient difficiles ces locataires ! Il fallait qu'il usât de toute sa bonté pour supporter leurs incartades : toujours âpres à discuter les loyers et systématiquement en cessation de paiement à la moindre anicroche : rupture d'une canalisation, infiltration dans les murs, court-circuit dans l'immeuble, etc., et cela justement quand lui-même avait besoin d'argent pour effectuer les réparations qu'ils lui demandaient !

Lors du ramadan, il tenait les robinets de ses cours d'immeubles ouverts aux pauvres, vieillards mendiants, adultes estropiés ou petits enfants, toutes personnes qui n'avaient que leur faiblesse à vendre. Elles allaient, qui avec un seau de tôle, qui avec une gamelle chercher de l'eau, à des heures indues et au grand dam des locataires importunés du tintinnabulement des bassines et des bouilloires. (A un moment ou l'autre de l'année, elles devaient rendre l'eau grappillée contre des services qui ne les dégageaient jamais complètement de l'obligation de reconnaissance que le Bienheureux exigeait d'elles.) Ces pauvres, qui n'avaient ni domicile ni horaire, réveillaient tout le monde, chrétien ou musulman, dans une de ces égalités qui font penser que, quel que soit le mode de la prière, les croyants ne prient qu'un seul et même Dieu. Alors, même durant ce temps du saint carême, les locataires ingrats et impies allaient jusqu'à protester que les pauvresses du quartier vinssent nuitamment s'approvisionner ! Monsieur Sawadogo savait les recevoir avec morgue et mépris : sa fortune, conformément aux instructions du Prophète (Béni soit Son Nom), il savait la partager. D'où son surnom. L'ignoraient-ils eux qui n'étaient que locataires non-musulmans, simples dhimmi selon la bienfaisante chaaria qui leur imposait la djizia, impôt légitime que doit payer en terre d'Islam qui n'est pas musulman ? Les propriétés d'un homme ne sont-elles pas de sa religion ? De quoi se plaignaient-ils ? Lui, leur propriétaire, était bien obligé de faire œuvre pie, puisque eux-mêmes n'avaient pas obligation d'aumône...

Sawadogo estimait même respecter la Loi de l'État mâtinée de la solidarité africaine. En septembre, quand venait l'ouverture de l'école, il donnait une petite part à ses employés pour leurs enfants, comme l'y obligeaient lois et coutumes, sans trop tenir compte du nombre de leurs enfants, car cela aurait compliqué les calculs. Mais il tenait à étendre cette pratique : il avait toujours un lot de cahiers et crayons qu'il faisait distribuer aux déshérités devant sa maison.

Quand il allait visiter son village, à quinze kilomètres de la capitale (toujours avant les pluies, quand la faim creuse les joues), il faisait étaler une grande bâche et on y éventrait des sacs de maïs et de sorgho. Il aimait voir ses compatriotes se battre pour tenter d'en avoir un peu plus que la calebasse imposée comme mesure de répartition. Cette agitation lui était comme un hommage personnel au Très-Haut.

Il faisait de même avec le sucre qu'il distribuait devant sa porte lors du ramadan, ce mois de jeûne où il s'en consomme tant pour déboucher les estomacs rétifs à sa rupture au coucher du soleil. Il voyait cette foule se pressant à chacune de ses donations comme une prière à Dieu, l'Un et Unique. Ses dons étaient une oraison qu'il Lui faisait et que les loqueteux pressés autour du Bienheureux reprenaient du fond de leur cœur. Il devait cependant vérifier que ses employés ne détournassent pas une partie de la provende pour eux. Il savait rester sourd à leurs plaintes : car ils étaient des privilégiés. N'avaient-ils pas un travail ?... Leurs salaires ? Ils réclamaient leurs salaires ?

Prochainement, il les payerait. Un jour... Sans faute.

Dès les récoltes, il retournait au pays, car les paysans aux abois vendaient tous leur grain (harcelés par leurs créanciers, des impies qui ne savent pas que l'argent ne doit pas rapporter d'argent comme il l'est dit expressément dans les Saints Versets). Les prix s'effondraient. Et le saint homme achetait les récoltes, les stockait et revendait le grain plus tard, quand les prix avaient monté et que la faim revenait avec la soudure dans les campagnes surchauffées de soleil. Tout ceci ne l'empêchait pas de s'être concocté une interprétation personnelle de sa religion, heureuse pour ses intérêts : elle l'autorisait à exploiter sans vergogne ceux qui vivotaient, surtout à la fin des pluies quand la soudure se faisait cruelle dans les campagnes. Sa grande piété le rendait incontournable parmi ses co-religionnaires en ce qui concerne l'interprétation de la foi.

Quand le vieil Adama mourut, Coulibaly Adama, Sawadogo Mouhamadou prit sur lui de lui faire refuser la bénédiction de tout iman des mosquées environnantes. La famille dut recourir aux bons soins et prières d'un étranger "de brousse" pour pouvoir l'enterrer. Qui avait vu le vieillard à la mosquée ? Personne ! En effet, Coulibaly Adama avait renoncé depuis plusieurs années à aller prier à la mosquée. On disait qu'il était saint homme mais il restait chez lui. Il était souffrant ? Mais il ne se plaignait pas ! Qui l'avait vu faire l'aumône, un des cinq piliers de l'Islam ? Personne ! Sawadogo fut intraitable : la foi musulmane implique qu'on la prouve publiquement, ce que ne faisait pas le défunt : avait-il honte, alors ? Il était allé à La Mecque ? Une seule fois ! Faire du tourisme ?, ironisait El Hadji Mohamed qui parfois aimait à s'arabiser, et non pour se recueillir comme lui-même l'avait fait sur la Kaaba ! Tous les obligés d'Adama, qui avaient au fil des années bénéficié de ses conseils, dons et charités, et qui auraient pu plaider en sa faveur, se turent. Ils furent déroutés par la faconde, l'aplomb et l'autorité que développa El Hadji. La fille de Coulibaly sut serrer les dents et enterra son père au cimetière alors qu'elle voulait le faire dans sa cour, à quoi s'opposa le Bienheureux (il avait le bras long et trop d'obligés dans les bureaux de l'État pour qu'on n'y suive pas sa volonté). Seuls quelques étrangers vinrent compatir au malheur et assistèrent à l'inhumation.

Mais au quarantième jour, elle convia tous les pauvres à venir se restaurer et chacun put voir la chambre du regretté, son oratoire et sa bibliothèque remplie de livres arabes et d'autres en français, tous sur des sujets pieux. Les voisins, alertés de la bonne chère offerte par la fille, vinrent, timidement au début et puis, la foule étant nombreuse, sans vergogne, puisque tout le monde était là. Des religieux de grande science, alertés, vinrent aussi et constatèrent que le vieil Adama devait être bien savant et bien pieux si l'on en jugeait par l'état des livres si souvent feuilletés, livres qu'eux-mêmes ignoraient, et l'usure du tapis de prière. Des voix timides dirent les bienfaits du regretté…
Mais Mouhamadou n'en démordit point : l'Umma est là ! Seule juge de la qualité d'une foi qui doit s'afficher aux yeux des autres fidèles. « Sawadogo Mouhamadou est l'Umma ! », suggéra un plaisantin, trait d'humour que ne comprit pas le Bienheureux. (D'une totale sincérité, il tut sa rancœur contre le vieillard qui n'était jamais venu lui rendre hommage, quoiqu'il

le saluât poliment quand il rencontrait le Bienheureux dans la rue, et qui ne l'avait visité qu'à son premier retour de La Mecque, comme s'il avait tenu pour peccadilles ses autres pèlerinages – par jalousie évidente.)

Naturellement, un homme pieux comme Mouhamadou était marié. Ses épouses, au nombre de quatre comme il l'est recommandé à tout bon musulman afin que nulle femme étant seule dans la vie ne soit tentée de la faire, il les tenait dans l'austérité qui mène la femme au paradis. (Car ce sexe faible doit être tenu la bride serrée et la coutume qui les mutile de leur muscle qui les rend si enclines à s'oublier, était excellente selon lui.) Quant à ses enfants, il les dirigeait rudement : ils ne firent guère l'école, surtout pas buissonnière, menés qu'ils furent aux chantiers où s'apprend le vrai métier.

Il avait dans le lot un fils, Aziz, qui seul réussit à échapper au sort commun de sa fratrie et à trouver, dès son premier chantier, le chemin de son cœur et quitter ainsi le travail sous le soleil pour celui sur la natte où se trient pièces et billets. Aziz servit fidèlement son père au point qu'il devint son bras droit, le déchargeant de la tenue des livres de comptes où il se révéla excellent et subtil. Il fallait, pour entendre sa comptabilité ou sa gestion, être un spécialiste de l'argent quantique, qui n'est jamais là où on l'espère, ou un familier du mouvement brownien des capitaux dans des espaces aux frontières perméables.

Après cette vie pieuse et dévouée au bien commun, Sawadogo Mouhamadou mourut, entouré de l'affection et du respect des siens. Monsieur Sawadogo Aziz prit en main les funérailles, réalisées le jour même selon la coutume.

Il n'eut aucun mal à obtenir les si difficiles autorisations officielles pour enterrer son père dans sa cour : on creusa en un temps record la fosse, on la cimenta et on y enfouit le cadavre dans un cercueil en métal hermétiquement soudé. Le mausolée viendrait plus tard, mais comme il était un fils fidèle soucieux de sa réputation, nul ne doutait que le père aurait une tombe magnifique. Il assura le doua du septième jour, que très souvent aujourd'hui on réalise le troisième pour limiter les dépenses (car la parenté et le voisinage affluent, vivent, et ils savent vivre ces pique-assiette !, sur la famille du mort). Sans barguigner, il lança aussitôt les travaux pour la construction d'un splendide tombeau afin que l'anniversaire futur du regretté soit grandiose.

Sawadogo Mouhamadou monta donc au Ciel, direction le Paradis sans même se poser une question ; il voyait d'avance les houris se précipiter, lèvres rouges et bras dodus vers lui ; il tomba au bout du chemin sur une grande porte qu'il toqua : un vieillard lui ouvrit. Dieu ? Non, un simple portier. Et Dieu ? Dieu ? On allait le voir. Mouhamadou exultait : enfin il verrait Sa Face. Mais en fait, il ne vit rien sinon, de l'autre côté de la porte, un homme qui priait et qu'il lui semblait connaître mais ne reconnût pas. Au Paradis, Dieu restait irreprésentable mais le Bienheureux sentit de tout son être Sa Présence. C'est alors qu'une main invisible jeta devant Mouhamadou une poignée de cauris, chaque cauri était une de ses actions. Les blancs étaient les bonnes actions, il y en avait très peu, il les reconnut tout de suite : c'étaient celles qu'il avait faites par mégarde. Les autres cauris étaient brisés, sombres, ou

vilainement tachés. Ses mauvaises actions, il les reconnut toutes : les aumônes par orgueil, les distributions par vanité, les brimades par délectation, les omissions par aveuglement, les retenues sur salaire par bon plaisir. Il revit les accidentés de sa route, les orphelins de l'insécurité sur ses chantiers, les brebis et les poules écrasées par sa voiture, pleurées par des paysans affamés ; il put voir, effaré, les agios des endettements de ses salariés, les expédients dont ils avaient usé pour survivre ; il revécut les vols qu'il avait dénoncés et les soi-disant coupables, épuisés de faim, roués de coups sur son ordre par la police. Mais son cœur resta dur devant cette dénonciation : n'avait-il pas prié aux heures justes tous les jours ? N'avait-il pas exactement jeûné chaque ramadan ? Quelle tabaski n'avait pas vu un mouton de prix sacrifié au Très-Haut en souvenir de Sa bonté envers Ibrahim, que les juifs appellent Abraham ? Y avait-il eu un rituel qu'il n'eût pas respecté ? Il avait donné aux nécessiteux, fait ses ablutions, épousé quatre femmes qu'il avait traitées également, fréquenté la mosquée lors de la grande prière du vendredi. N'avait-il pas à La Mecque touché par trois fois le Saint du Saint, prié devant la Kaaba, et tourné le nombre de fois requis dans le sens requis ? N'avait-il pas cheminé en dévidant les grains de son chapelet sept fois entre les deux petites collines d'al Safa et d'al Marwa ? Alors que le chemin qui les relie est si pénible avec ce grand soleil et ce vent du désert surchauffé d'avoir couru sur tant de centaines ou milliers de dunes brûlantes ! Même s'il reconnût avoir un peu péché en donnant foi à ce marabout qui lui avait affirmé qu'il irait quatre fois à La Mecque. Mais était-ce vraiment de l'idolâtrie ? Pas vraiment quand même.

Pour toute réponse, il se vit de nouveau à Ouagadougou, marchant dans les rues. Rasséréné, Mouhamadou sut qu'il irait de nouveau dans la sainte mosquée Masjid al-Haram de La Mecque. Il était bien vivant, il avait fait un drôle de cauchemar et irait prier devant la pierre blanche que l'ange Gabriel avait donnée à Ibrahim et que les péchés des hommes avaient, depuis ces temps des origines, noircie de leurs péchés : la Kaaba, sertie dans un mur de Masjid al-Haram. Joyeusement, il se dirigea vers sa maison. Rien n'avait changé. Si ! En s'approchant, il apprit qu'il était mort et enterré, lui Sawadogo Mouhamadou, et que c'était le jour de son doua. Il prit cela avec distance et ironie : il y avait donc seulement sept jours qu'il était mort ? Il lui avait paru que c'était une éternité ! Les gens seraient bien étonnés de le voir là, ses fils abattus, ses filles éplorées, ses épouses pâmées de douleur... Effectivement, tout le monde suivait la même route que lui et se rendait à la fête du septième jour que donnait Sawadogo Aziz pour son bienheureux père. La foule était énorme et il ne put s'approcher de la tête du cortège pour faire cesser la mascarade. Personne ne le reconnaissait : c'est alors qu'il se regarda, il était vêtu de loques, de méchantes savates de pneu raccommodées de fil de fer aux pieds. Les gens se pressaient autour d'Aziz, digne dans sa douleur, vêtu d'un grand boubou bleu clair de satin tout brodé, brillant comme les plumes rutilantes d'oiseaux aux couleurs métalliques. Ses femmes avaient remisé leurs bijoux, mais leurs pagnes filigranés d'or et d'argent éclataient de la lumière des diamants; quant à ses enfants, leurs grands basins colorés resplendissaient au soleil. Des griottes étaient là, hurlant la douleur de tout un peuple pour un être d'exception : lui. Dans la presse, il sentit des coudes lui ravager les côtes. Sawadogo Mouhamadou enrageait de ne pouvoir s'approcher de sa maison, sa vie allait-elle être toujours ainsi désormais : tenter de s'approcher de chez lui, là où il avait vécu ? Mais non, tout se défit avec la nuit, il était seul et deux de ses compagnons qu'il reconnut pour être de ceux qu'il payait mal, faisait travailler beaucoup et sur qui il se procurait tant de plaisir à les brimer, un jeune Tendrebeogo Mathieu et un autre, un Peuhl, Bidda Ali, vinrent à lui. Il eut soudain peur : ils le reconnaissaient et allaient le bastonner, lui frotter les côtes... Mais non, ils le confondirent avec un autre et lui dirent qu'ils allaient le raccompagner, car ils trouvaient qu'il avait mauvaise tête aujourd'hui. C'était bien vrai que le patron ne les avait pas payés et qu'ils avaient tous grand faim, mais « Ça irait » lui dirent-ils ; leurs voix étaient joyeuses pour dire cette formule de résignation et de fierté qu'ont les Burkinabè dans l'adversité, empreinte de cet optimisme profond qui permet aux malheureux de ne pas filer avec le premier morceau de corde trouvé chercher un arbre pour s'y pendre. Épuisé et complètement défait – désespéré de n'avoir pas été reconnu après avoir tant craint de l'être –, l'ancien richard se laissa faire. Ils cheminèrent tous trois dans la ville, la traversèrent, Sawadogo se rendit compte qu'il retournait là où il retournait chaque soir ; il n'arrivait pourtant pas à savoir où ils se rendaient ;

La route fut longue, les deux jeunes marchaient d'un bon pas et lui-même devait trottiner, quoi qu'ils fissent pour modérer leur allure eu égard à la vieillesse de leur compagnon pour lequel ils éprouvaient une vraie pitié malgré le caractère épouvantable de ce vieillard qu'ils savaient irascible. Ils quittèrent la ville, ses rues éclairées, et s'enfoncèrent dans des quartiers fraternels et miséreux, avec leurs étals branlants éclairés au pétrole ou même parfois à la lampe traditionnelle d'une mèche de coton trempant dans du beurre rance ; il s'y détaillait l'allumette et la cigarette, des beignets poisseux ; les filles y traînaient ; les gosses sales et dépenaillés y grouillaient – tout cela dans une poussière que la fraîcheur de la nuit ne faisait pas encore tomber. Ses deux compagnons le quittèrent à un carrefour et s'en retournèrent, mais ils eurent une hésitation et chacun, fouillant sa poche, lui donna cent francs. Sawadogo resta tout bête avec ces deux pièces dans la main. Où irait-il maintenant ? Ses pas, mus par un automatisme qu'il ne comprenait pas, le portèrent dans une direction et il entra sans même y penser dans une cour fangeuse. Quand il vit une femme lui tournant le dos, il sut que c'était elle, la sienne. Elle conversait avec d'autres ; toutes étaient vêtues d'habits déchirés, la plupart avaient les seins à l'air ; toutes étaient impudiques et le Bienheureux en eut le haut-le-cœur. Il sut aussitôt que sa femme allait lui demander de l'argent, il sortit les deux pièces et les lui donna. Elle l'agonit d'injures ; elle était grande, plus grande que lui (il ne la connaissait pas, mais la reconnaissait, il n'eut pas peur d'elle en la voyant, mais il sut que le corps qu'il habitait en avait peur). Cette femme était liée à lui par un passé qu'il ignorait, qu'il ne connaîtrait jamais peut-être, étant sans mémoire de cette vie nouvelle, habité qu'il était par la précédente quand il était El Hadj Sawadogo Mouhamadou le Bienheureux, entrepreneur ouagalais... La femme fit mine de le frapper et son dos se recroquevilla de terreur. Dans la cour éclata un grand rire : chaque soir, c'était donc ainsi : sa femme le battait et chacun s'en réjouissait. L'ouverture des maisons en banco couvertes de tôles ou de cartons, livrait l'intimité sordide d'une famille de miséreux ; il entra dans la sienne, une marmaille le regardait, avec dans le regard le mépris de ceux qui, ayant trimé tout le jour, ne peuvent que mépriser le fainéant. Ces enfants, qui étaient peut-être de lui, avaient contribué au bien-être familial, qui à mendier avec comme écuelle une boîte italienne de sauce tomate de cinq kilos (contrefaisant les garibous, petits brigands plutôt que taalibés, ils disent mendier pour payer leur maître de l'école coranique), qui à fouiller des poubelles, qui à... Ses filles, ses propres filles ? Il ne voulut pas poursuivre ce chemin de la

honte en son cœur.
Qu'il était tombé bas !
Dans ce Ouagadougou grouillant de vie et d'amitié, même là où la pauvreté sévit, compensée par la solidarité qui enchaîne les êtres d'espérance et d'affection... il avait échoué en cette cour où pauvreté et déréliction ont asséché le cœur des êtres : même les chiens grognaient et chacun évitait les sabots des ânes.

Mouhamadou se rendait chaque jour sur les chantiers, ces chantiers qui récemment lui appartenaient et dont il pouvait désormais apprécier quel enfer ils étaient à ses ouvriers. Il put aussi voir comment Aziz lui succédait. Il entendait chaque jour en allant au travail les insultes dont les gens abreuvaient et le nom du père et le nom du fils. Sawadogo Aziz est comme son père, disait-on : avaricieux et hypocrite : « Ils n'iront jamais au paradis ! » Quand on voulut répartir la fortune du défunt, celle-ci miraculeusement se retrouva au seul Aziz qui avait su tenir les comptes, affectant les avoirs à son avantage et ayant distribué sans compter les déficits à ses frères. Il pratiqua la politique si intelligente de son père : tant pour le personnel, tant pour les pauvres ; il sut ne pas garder ses frères et beaux-frères dans l'oisiveté, il les employa tous. Dans les familles, la solidarité est plus forte que tout contrat d'argent et elle s'effectue sans argent : on ne paye pas ses parents, on leur fait des cadeaux à la mesure de ses propres moyens. La parenté de Sawadogo Aziz éprouva souvent que son maître et protecteur manquait de moyens, malgré la réputation de générosité que, comme son père, il sut acquérir. Mais avec les mauvais payeurs si fréquents dans les affaires, disait Aziz, l'argent des salaires souvent manquait ; mais "ça va aller", comme l'optimisme chevillé au cœur du Ouagalais

le proclamait. Aziz finissait toujours par leur verser quelques sous qui les aidaient à survivre dans les difficultés de la grande métropole du Burkina Faso.

Dans une capitale africaine en pleine explosion, avec ce Ouaga 2000 qui devait doubler le sanctuaire historique de l'empire des Moose, le fils du Bienheureux sut composer avec les réalités nouvelles. Son père n'avait pas dépassé le niveau de la corruption simple : de l'argent contre un passe-droit. Quant à lui, il apprit d'un ami blanc que l'honnêteté a une monnaie spécifique et variable selon la personne sourcilleuse du bien public et que finalement, ceci entendu, elle n'est pas si onéreuse que çà. Son père arrosait, lui pratiqua le goutte-à-goutte. Malgré ses difficultés économiques, Aziz eut vite aussi quatre femmes, avec chacune une maison et une voiture, et quelques concubines en studio et Yamaha-dame, toutes des femmes claires dont, en bon Mossi, il raffolait. Parmi ces dernières, des femmes de la diaspo, ces filles de familles mossi émigrées en Côte d'Ivoire, que l'on reconnaît au premier coup d'œil à leur mise élégante et qui vous classent un homme qui s'affiche avec elles ; quelques Maliennes l'aidaient aussi à décompresser de ses responsabilités, si expertes au jeu des parfums et des couleurs, toujours plus nues d'être en leurs voiles et dont on sait le profond pouvoir érotique.

Sawadogo Aziz, en matière religieuse, fut le digne fils de son saint papa lequel, mort et enterré, devait se trouver quelque part au ciel, au-delà des nuages (n'est-ce pas le sens de "sawadogo" : nuage ?), dans le saint paradis promis aux croyants. Ceux n'ayant jamais manqué leurs prières et les aumônes, qui ont respecté le jeûne du ramadan et sont allés à La Mecque prier auprès de la Kaaba; Le regretté avait même été de ceux qui y sont allés en pèlerinage lors de l'Aïd el Kébir, cette commémoration du sacrifice d'Ibrahim. Le jour même de la Tabaski l'avait donc vu prier, lui le Bienheureux, dans la Ville sainte ; il avait été de ceux sacrifiant en ce jour saint et faste un mouton de prix sur la grande place des prières dans l'ombre portée des minarets. Sawadogo Aziz comptait bien en matière de bondieuseries et de bizness, non seulement marcher dans les traces des pas du regretté, mais le dépasser en piété, ostentation et capital. Il serait riche et ferait beaucoup de pèlerinages à La Mecque.

Le décédé entendait donc tous les jours ces conversations, les éloges de son fils sur "le regretté" et les commentaires désobligeants sur l'entreprise "père & fils" dès qu'Aziz avait tourné le dos. Il s'en étranglait de rage. Et ce fut ainsi chaque jour : Mouhamadou retournait dans son ancien domicile où trônait son fils et travaillait à remuer sable et ciment pour construire le mausolée qu'il lui faisait. Il enviait les miséreux à qui Aziz donnait des piécettes quand lui-même et ses compagnons de labeur n'étaient pas payés pour leur tâche. Et le soir, il rentrait dans son taudis donner à la mégère qui était son épouse le peu qu'il avait pu arracher au maître, son fils au cœur de pierre.

L'année étant passée, vint le jour de l'anniversaire du décès du regretté. Aziz avait fait les choses en grand : tout le gratin musical du Burkina Faso était là pour chanter les louanges du défunt et distraire les invités. Une grande tente avait été louée ; on dansait de joie et on faisait ripaille autour d'une tombe si bien carrelée qu'on la disait de marbre. Ce simili marbre, Sawadogo Mouhamadou l'avait charrié ; il s'y était coupé la peau, écrasé les doigts, brisé les reins ; il eut honte d'être là à regarder sa tombe quand lui-même était au fond ! Écœuré, il s'enfuit, errant dans les quartiers jusqu'au matin. Il désespéra de Dieu. Même lui, pour qui prière n'était que gestuel et

foi qu'apparences, frémit
de peur de ce blasphème.

Le cours des choses d'une vie de misère reprit : Sawadogo Mouhamadou, manœuvre au service de Sawadogo Aziz qui parfois lui parlait mais qui jamais ne le reconnut. D'ailleurs, jamais le père ne tenta de se faire reconnaître : il avait trop bien compris qu'il était mort aux hommes ; pour l'humanité entière, il était le regretté ou le bienheureux, mais rayé du monde des vivants.

Un jour, le vieux manœuvre reçut l'ordre d'accompagner des jeunes qui poussaient une charrette. Il fut mis sur le côté : comme il manquait de forces pour tirer ou pousser, il n'était bon qu'à maintenir les ballots sur le tablier en mouvement.
Soudain, il y eut un mouvement brusque dans la circulation.
Une voiture trop pressée qui doublait un vélomoteur qui dépassait un cycliste qui évitait un piéton qui s'écartait d'un chien, l'accrocha. Que la plupart fussent à contresens n'était-il pas dans l'ordre des choses ?
Sawadogo sut qu'il était mort quand il se vit gravir à pas lents la longue pente qui menait au paradis. Le saint portier l'accueillit, qui ne le reconnut pas. De l'autre côté, un saint homme priait qui, au bruit de la conversation, se retourna ; il sourit à l'impétrant qui reconnut Coulibaly Adama. Lui ! Ici ? Déjà ! Mouhamadou écuma de rage à lire dans le regard d'Adama la sympathie et la compassion. Mais il lui fallut se concentrer, car on cherchait dans les livres : le portier marmonnait : « Sawadogo... Sawadogo... Mouhamadou... Mouhamadou... ? » Non ! Il n'y avait nul Sawadogo Mouhamadou de prévu, rien au paradis de réservé à un tel nom. On reprit la lecture à l'envers,
mais dans la liste arabe son nom
n'y figurait pas plus.

Faisant profil bas, tel un chien qui s'approche d'une gamelle qui n'est pas la sienne, il dit qu'il était retourné sur terre et que peut-être il y avait eu un autre nom ? « Mais lequel ? », demanda le portier, dont le regard fixe et absent démontrait qu'il n'était nullement impressionné par la voix douce et humble du quémandeur. Mouhamadou se rendit compte que lors de son dernier voyage à Ouagadougou, personne ne l'avait nommé, personne ne lui avait demandé qui il était, il était passé sur terre sans que personne ne sût qui il était et s'en préoccupât. Le saint portier haussa les sourcils en signe d'étonnement et, voyant que son client n'avait guère d'idée à lui offrir, claqua le registre et referma la porte le laissant seul sur le chemin.

Epuisé par l'effort, car la pente avait été rude, humilié par l'accueil, ulcéré par le refus, éreinté de désespérance, car il n'était plus d'aucun monde, Mouhamadou voulut s'asseoir sur une grosse pierre qui se trouvait à la porte du paradis, il glissa de fatigue et tomba. C'est alors qu'il regarda la pierre, elle était noire. Il y vit toutes ses mauvaises actions, celles de sa première vie et celles qu'il venait de commettre dans sa seconde. Elles y étaient toutes inscrites, si nombreuses que plus un espace du blanc originel de la pierre n'apparaissait. Un coup de sang rageur le fit s'évanouir.

Comme s'il avait reçu une chiquenaude, Sawadogo Mouhamadou se retrouva de nouveau dans les rues de Ouagadougou tirant une charrette. Il ne réalisa pas tout de suite, il était à quatre pattes, mais quand il reçut un gros coup de gourdin, il comprit qu'il n'était qu'un de ces ânes qui tirent les fûts d'eau ou les sacs de ciment ou le sable pour les constructions. Le soir, il n'avait qu'un peu de paille à grignoter ; l'herbe qu'il pouvait grappiller quand on le lâchait dans la rue sentait la merde et l'eau qu'il pouvait voler au sable le pétrole. Il devait encore disputer sa survie aux chiens errants, aux vieux mendiants et aux fous à bout de course... Il en était venu à se quereller avec les chèvres et les moutons pour les bouts de cartons malodorants qui traînaient. Et c'est ainsi que les jours se succédèrent dans le chapelet des semaines. Ce calvaire cessa quand on le vendit car il était trop indiscipliné pour être âne en ville.

A la campagne, un autre calvaire l'attendait. Il partit avec des ânes en troupeau. Il fut vendu ici, revendu là ; il traînait des charrettes, il portait des outres et du grain. Il descendait vers la forêt à l'ouest ou revenait vers le désert à l'est. Le temps lui paraissait indéfini, mais il ne savait plus compter, les années succédaient aux années, et ce temps était, de fait, infini. Il ne se rendit pas compte que le monde changeait, pourtant, il le vit changer : les pluies étaient plus abondantes chaque année, comme dans son enfance quand il était des humains...

De temps en temps, il mourait d'épuisement et de rage. Il retournait au paradis. Arrivé en haut, il brayait son nom, le portier riait de le voir (le paradis n'est pas pour les ânes !) et le renvoyait. A chacun de ses renvois sur terre, Mouhamadou s'effrayait que la malignité du portier ne le réincarnât en chien, ou en porc... ces animaux honnis de Dieu plus encore que l'âne. Mais non, quand de nouveau Mouhamadou renaissait toujours hargneux, toujours méchant, toujours détesté, c'était en âne. Il se retrouvait âne parmi les ânes (qu'il apprit à éviter, ne sachant quelles coutumes les régissaient et il fuyait les étalons irascibles et jaloux de leurs prérogatives de grands mâles chefs de harem).

Il échouait bête parmi les hommes, miséreux parmi les méchants, humilié par les brutes, assoiffé chez les affamés. Et cruel aux faibles. Et tout recommençait. Il allait de la savane arborée à la brousse tigrée, des sables de la mare d'Oursi aux marais du lac Tchad. Il était portefaix et les caravaniers le maltraitaient et le chargeaient plus que les autres ânes, car, bien battu et chargé à la limite de ses forces, il était plus calme. Jamais il ne portait de femme ou d'enfant ; jamais il ne pouvait trotter de bonheur des marchés aux campements dans le soleil. Lui n'avait droit qu'aux couffins de mil aux grains plus lourds que plomb ou aux branchages épineux qui lui déchiraient les flancs. Révolté, il mordit une fois un enfant, le caravanier irascible le roua de coups et l'entrava, le liant à un piquet en haut d'une dune surchauffée. Comme il brayait, on lui brisa une jambe. La douleur puis la soif le firent taire. Au matin, le campement partit laissant derrière lui cet âne qui ne valait même pas la peine qu'on l'écorchât vu l'état déplorable de sa peau blessée. Et il resta à mourir dans l'enfer du soleil et de la colère, déchiré par les vautours qui le dépecèrent vivant. Des hyènes vinrent qui interrompirent son martyr.

Désormais, à chaque fois qu'il mourait, il remontait le sentier en vieil homme qu'il redevenait. Il arrivait à la porte du paradis, elle ne s'ouvrait même plus. Plus jamais il ne la toquait, à quoi bon ? Il restait assis sur la pierre qui à chaque fois avait encore noirci comme si cela était possible. Et puis, alors qu'un vertige de rage le prenait, il se retrouvait à terre, mais à une autre époque de son précédent avatar. Il comprit qu'il remontait le temps à chacune de ses incarnations : les blancs disparurent d'Afrique.

En fait, la colonisation ne s'était pas encore produite.

Il connut les époques livrées à l'anarchie : les luttes d'El Hadj Omar, de Samory, de Ma Bâ Diakhou... les royaumes peuhls, mossis et djermas... Il en vint à connaître les grands empires africains, le Songhaï et le Mali... Il marchait d'est en ouest, du nord au sud, maltraité, hargneux. Son cœur restait dur, impitoyable, comme si la douleur et la déréliction ne pouvaient l'atteindre. Il mordait l'imprudent, croquait la poule qui traînait ; d'une ruade il savait rompre la mâchoire du mendiant ; mais devant le bâton, il pliait l'échine, baissait la tête d'humilité sournoise ; et sous les coups, il cédait à la violence. Il mourait. Humain montant au paradis il se retrouvait sur ses quatre pattes dans une Afrique où les années se succédaient en remontant le temps dans un ordre générationnel ascendant.

Alors qu'il marchait à côté d'un paysan qui lui avait rompu la carcasse au réveil en lui reprochant sa paresse quand seules la misère et la faim étaient responsables de son état, un groupe d'hommes se saisit d'eux. On enchaîna son maître et quant à lui il fut bien battu, car il avait tenté de se sauver en profitant du désordre de la bagarre. On le força à suivre l'amble des chamelles et le trot des cavales. On rejoignit une caravane. Au soleil, l'âne (Mouhamadou avait renoncé à se souvenir de son nom, qui avait rejoint les nuages), l'âne comprit que l'on se dirigeait vers l'est. Après de longues semaines de faim et soif intenses, l'apparition d'herbes neuves lui fit penser qu'on s'approchait de quelque rivage bienheureux et, profitant de la nuit, il se sauva.

Libre, il lui fallut échapper aux lions, aux chacals, aux chiens errants. Finalement une horde d'hyènes le piégea et le déchira alors qu'il atteignait Tombouctou. Quand il revint du paradis, il était dans la ville sainte, fleuron de l'Islam, haut lieu de l'intelligence avec la Sankoré qui rivalisait avec les universités d'au-delà des sables et plaque tournante du commerce saharien. Des milliers d'élèves ânonnaient sur des tablettes yallah où sur le bois poli était transcrit au calame avec une encre au noir de fumée un verset du Saint Livre ; des étudiants lisaient des manuscrits arabes ; les plus avancés d'entre eux espéraient un jour aller poursuivre aux universités Karaouiyine de Fès ou al-Azar du Caire, ces deux fleurons intellectuels du monde musulman, pour acquérir la sagesse. Ou à défaut la gloire, avec ses à-côtés méprisables à l'intelligence, mais qui ont quelques douceurs : dons des princes en tenues de brocard, bourses de soie tintinnabulantes de pièces d'or et d'argent, méhara de course, cheval de prix, repas fins et copieux et, pourquoi pas ?, ces soirées sensuelles baignées de parfums, de musique et de poésie qui sont la fleur de l'Arabie et la plus proche approximation qu'un vivant puisse avoir du paradis.

L'âne allait des royaumes ashanti et d'Abomey de la côte aux villes du fleuve : Mopti, Ségou, Djenné, Tombouctou. Des marches du désert, d'autres caravanes montaient vers le nord ; partant des salines de Taoudeni et Teghaza, elles rejoignaient Tindouf et Marrakech. Mais tous les commerçants le disaient : le temps était fini des grandes caravanes de milliers de chameaux qui montaient vers le nord et revenaient chargés de ces produits qui leur permettaient de commercer avec les royaumes de l'ouest : Ashanti, Dagomba et Bénin. Une ou deux générations avant, l'or, le cuivre et l'ivoire, l'esclave et la kola s'échangeaient d'ouest en est contre le poisson et la viande séchée, des peaux, des grains et des dattes, du sel, des cauris, du fer, des produits du Maghreb et du Machrek... Les richesses de la forêt remontaient ensuite par caravanes de milliers de chameaux vers un Maroc qui irriguait l'Afrique de son artisanat. Des armes : sabres d'abattis, fusils ; des ustensiles, des perles, des tapis de laine... Durant des millénaires, il en avait été ainsi. Des forêts de la côte africaine aux savanes du cœur de l'Afrique vers la Méditerranée, l'Orient et l'Occident. Puis, l'invention des caravelles avait tué les caravanes. Désormais, le grand commerce fuyait l'axe nord-sud qui avait fait la grandeur du Mali, pour aller vers l'ouest. Tombouctou et Siljimassa étaient étranglées. Et l'étaient tout autant les autres cités dont le chapelet entourait le Sahara.

Le Songhaï gérait cette situation nouvelle où le désert n'était plus la voie principale, mais l'une des voies commerciales de l'Afrique avec un Nord qui allait au-delà de l'Islam. Les royaumes de la côte n'avaient plus besoin des objets de l'artisanat et des armes du monde arabe, de son blé : des bateaux leur apportaient directement produits manufacturés, fusils, armes fines, perles de Venise, fer en lingots, grains et sucre d'Europe... Ils commerçaient directement avec des gens venus du Nord, des dhimmi, des Portugais qui d'ailleurs s'implantaient aussi au Maroc y fondant des citadelles océanes ; les Africains des Tropiques n'avaient plus besoin de vendre ou d'acheter par l'intermédiaire des caravanes de chameaux. C'étaient eux qui, désormais, étaient en première ligne dans les rapports avec un Extrême Occident dont ils n'avaient pas entendu parler avant que les marins n'abordassent leurs plages malgré la barre dont les rouleaux faisaient sombrer tant d'esquifs et empêchaient tout échouage.

Dans les souks des bords du désert, on parlait beaucoup de la menace des armées que le souverain du Maroc organisait... Le roi Al-Mansour ne savait pas que ce n'était pas par politique que le commerce fuyait son royaume, mais parce que son royaume avait perdu de l'intérêt pour ceux des forêts et des savanes d'Afrique... Le Sahel en avait perdu son rôle de plaque tournante du grand commerce intercontinental. Il était la première victime du commerce maritime portugais. Par mer, tout arrivait moins cher dans les comptoirs des côtes ; c'étaient désormais les caravanes de la forêt qui alimentaient les États de la savane à moindre coût. Ne restaient pour le commerce avec l'est que la kola et les rogatons des caravelles contre des cauris. Si le surplus d'hommes et si encore l'or et l'ivoire prenaient la route des savanes, c'était pour en rapporter de la gomme, du sel, de l'argent, des peaux pour les entasser dans les cales des navires...

Le Songhaï, qui dominait alors les savanes de l'Afrique de l'Ouest jusqu'aux confins sahariens, tenait encore dans sa main les mines de sel au cœur du désert, grande richesse convoitée par le Maroc qui espérait ensuite atteindre l'or du Bambouk. L'Askia qui régnait sur le Songhaï en eut vent. Quand des courriers lui apprirent que les armées marocaines avançaient, il dut se rendre à l'évidence que le désert n'était plus une frontière. 8 000 chameaux, et 1 000 chevaux de bât portaient les vivres et l'eau du formidable contingent militaire dirigé par le Pacha Jouder, renégat espagnol (dont on disait que pour obtenir ce poste si convoité, non seulement il avait abjuré sa foi chrétienne, mais que, pour mieux approcher Al-Mansour isolé en son harem avec ses femmes et ses eunuques, il s'était lui-même châtré). Après 135 jours de marche à travers le désert, le Pacha et sa troupe arrivèrent en vue de Gao, ville capitale de ce grand empire des savanes.

De la guerre entre le Maroc et le Songhaï, l'âne ne sut que la défaite de l'empire noir, quoiqu'il eût été réquisitionné par les armées de l'Askia. Son cœur, pour la première fois, eut de la compassion. Il apprit de la conversation des hommes la chute de Gao. Les cavaliers et piétons songhaï furent défaits. Armés d'arcs d'un seul bois et de sabres droits en mauvais fer, que pouvaient-ils contre la mousqueterie et les cimeterres damasquinés ? Leurs sagaies et leurs flèches sans empennage ne faisaient qu'égratigner les armures de fer et les cottes de mailles. Que protégeaient leurs protections matelassées de coton et leurs boucliers en peau d'hippopotame et d'oryx contre les bouches à feu ? Que pouvaient leur fougue et leur volonté d'indépendance contre la discipline d'une armée ? Qu'étaient leurs amulettes et leurs fétiches contre une science des batailles acquise en Europe et en Asie contre des ennemis multiples et différents ? Défait mais non vaincu, l'Askia proposa de verser 100 000 pièces d'or, de livrer 10 000 esclaves ; il offrit de donner aux blancs le monopole du sel, des cauris, de l'argent. Il avait compris que les temps avaient changé, mais le roi du Maroc, non. Ce dernier ne connaissait de l'Afrique que le Maghreb et les sahels du Sahara, pas les grandes et impénétrables forêts de l'est et du sud frangées d'océan. Al-Mansour voulait tout : la liberté des noirs était morte et Tombouctou n'en avait plus pour longtemps. Pourtant, rien n'y fera, disaient les commerçants, l'or du Bambouk ira vers la côte et aussi les esclaves, car là-bas s'y déversent à bas prix le fer, les armes, les perles, les cotonnades. Et puis, sur la côte abondent l'ivoire qui part vers le nord et le bois qui sert à construire des fortins jusque sur les côtes du Maroc. Le fret que transporte un seul des bateaux du nord n'est-il pas plus lourd que la charge de dix mille chameaux ?

Sawadogo Mouhamadou vivait ainsi une histoire qu'il n'avait jamais apprise : ces hommes qui étaient ses ancêtres avaient donc aussi lutté pour l'indépendance ? Ils avaient construit de grands royaumes, commercé avec la planète tout entière. Ils avaient compris leur temps et avaient vu se dessiner, avec les grands bouleversements de l'état du monde de leur époque, les contraintes qui allaient venir. Attristé pour la première de sa vie pour un sujet qui ne concernait pas sa petite personne, il s'éloigna claudiquant à cause de l'entrave qui lui liait les jambes du côté droit.

Devenu vaillant dans cette défaite annoncée, l'âne finalement périt dans une escarmouche entre les deux armées quelque part dans le désert. Il n'avait pas vu du Sahara l'or des couchants, les promontoires de pierre déchiquetés par le vent, les pitons rocheux dressés vers le ciel effilochés par l'usure du sable, les plateaux de grès plus vieux que le monde. L'écrin des oasis n'avait pas baigné son regard. Il n'avait pas vu la beauté des fresques millénaires gravées dans les parois à l'ombre desquelles il s'était réfugié... Du grand désert, il n'avait vu que l'enfer, pas la splendeur. Il n'avait connu que la brûlure des sables surchauffés ; ses sabots avaient saigné sur les pierres coupantes des ergs. Il n'avait connu des gueltas que l'eau boueuse après que tous s'y fussent abreuvés ; des puits, il n'avait eu que l'humidité du sable à mâchonner ; des maigres pâturages, il n'avait goûté que l'herbe et les épines oubliées des chameaux... De la guerre, il n'avait connu que l'humiliation du vaincu.

Quand il revint chassé du paradis (il avait juste posé sa tête sur la pierre noire et il s'en était trouvé rafraîchi), il marchait vers le nord dans une grande caravane menée par des Marocains. Il était chargé de deux plaques de sel. Attachés à son bât, marchaient tels des somnambules de jeunes enfants dont les yeux étaient secs. Après six mois de voyage, ils passèrent à Sijilmassa et enfin ils atteignirent Fès. La ville explosait de gloire au soleil naissant avec ses murs crénelés. Sawadogo Mouhamadou espérait qu'on le mènerait à une des deux grandes mosquées saintes de la ville, la Quaraouiyine ou bien el-Andalos, mais son vœu, Dieu ne l'exauça point.
Un tremblement de terre ravagea la ville. Les hommes erraient, hagards, les animaux déambulaient entre les ruines, buvant dans les eaux des fontaines des maisons patriciennes éventrées. Devant une synagogue détruite, une vieille juive se lamentait. Pas loin, sur quelque ruine encore instable, un homme priait, un chapelet musulman à la main. Sawadogo Mouhamadou

prit ombrage des pleurs de la femme qui perturbaient la prière du saint homme ; il s'approcha d'elle, se retourna et lui brisa la tête d'une volée de sabots. Satisfait, il regardait son œuvre pie quand l'orant s'interrompit et s'approcha. Sawadogo sentit un frisson de plaisir lui courir l'échine : on allait le récompenser. L'homme d'un mouvement vif sortit de son burnous un coutelas et trancha les jarrets de l'âne qui s'effondra dans la poussière en gémissant. Ayant respectueusement recouvert le cadavre sanglant de la juive et marmonné quelques versets pour cette vie qui L'avait rejoint, l'homme reprit son oraison, indifférent à ce qui se passait autour de lui : quand Il manifeste sa colère, ce dont a besoin l'homme, c'est de prières. Nul être vivant ne doit ajouter de la souffrance à la douleur, dont Il est seul Le Maître.

Dans le chaos de la ville détruite, des groupes erraient qui cherchaient à manger. L'un d'eux aperçut l'âne et tous se précipitèrent, le dépecèrent tout vif et s'enfuirent manger à l'abri. Des chiens vinrent qui achevèrent de disputer aux vautours la chair immonde d'un Mouhamadou haletant qui agonisait sous les crocs, les becs et les griffes. Avant de mourir, il eut un éclair de compassion pour la femme qu'il avait tuée. La plainte qu'il expira était moins de douleur que de pitié et remord.

Sawadogo Mouhamadou montait au paradis, le chemin était caillouteux comme d'habitude. Il vit de loin la pierre noire à la porte. Quand il l'atteignit, il s'assit dessus sans la regarder. La porte s'ouvrit. Le portier lui dit : « Ah ! C'est toujours toi ?! », et il referma la porte sans façon. Le pécheur n'était pas pressé de se lever pour repartir sur terre souffrir.

✧ ✧ ✧ ✧ ✧ ✧ ✧

Il jeta un coup d'œil sur son siège et le trouva moins noir, même s'il y vit inscrit le meurtre qu'il venait de commettre. D'étonnement, il se redressa et il se retrouva descendant vers le sud, suivant un homme qui allait à Marrakech, que les Almoravides avaient peuplé de cent mosquées, palais et medersas où s'enseignait la vraie croyance en la Parole de l'Unique. D'autres hommes et d'autres ânes les entouraient. Des arquebuses, des balles, de la poudre, des coutelas, des cimeterres et des sabres composaient les chargements. D'autres avaient précédé transportant du grain, des boucliers, des marmites, du bois de chauffe... Une guerre reprenait et le roi de Sousse ameutait le ban et l'arrière-ban des croyants dans une guerre sainte pour bouter les Portugais hors d'Agadir, ce rocher qu'ils avaient osé nommer Santa Cruz do Cabo de Gué, selon leur fausse religion qu'un jour, s'il plaît à Dieu, les vrais croyants élimineraient de la surface de la Terre. Une bonne étape avant la capitale ocre des austères Almoravides se voyait la Koutoubia, dressée au-dessus de la ville. La haute tour ocre était visible de partout dans Marrakech et quand la caravane franchit les murs, elle se rendit directement à la place Jemaa Lafna où on délesta les bêtes de leurs charges et on leur donna du grain en plus de la paille. Signe que l'étape ne serait pas longue. Effectivement, on reprit la route le lendemain. Tout au bonheur de participer à ce jihad, Sawadogo Mouhamadou devint tout naturellement l'âne de tête de la caravane. Au cours de la route, ils s'agglutinèrent à d'autres caravanes, les unes chargées de vivres, les autres d'armes et on arriva enfin en vue de la citadelle portugaise, juste avant l'oued Sous. On ne pouvait l'assiéger que par la terre, car sur la mer les caravelles dominaient. De plus

on ne pouvait espérer l'affamer et jamais l'eau ne lui manquerait ; elle disposait d'une source permanente l'alimentant de l'intérieur des murs. Pour la vaincre, il fallait la détruire. Le Saadien Mohamed El Mahdi, roi de Sousse, avait lancé cette grande entreprise l'organisant pas à pas depuis plusieurs années. L'émir avait tout prévu : les hommes et les chevaux de guerre, l'artillerie, les serviteurs, les chameaux et les ânes chargés de porter les munitions, les cuisines, le bois, le grain, le bétail, les dattes et figues sèches, et même un approvisionnement en oranges, car on était en hiver. Pour pouvoir s'organiser et battre les Portugais avec leurs propres armes, il avait signé avec eux une longue trêve pour s'organiser, et il l'avait même renouvelée pour mieux se préparer. L'enjeu lui paraissait trop important pour écarter tout risque de défaite, alarmé qu'il était par l'effondrement des industries marocaines sous l'impact de la concurrence européenne, le détournement des routes sahariennes par le commerce océanique et le pillage des villes et des campagnes par les raids des chrétiens opérant à partir de leurs citadelles côtières. Il voulait toutes les réduire, l'une après l'autre. Armé comme ses adversaires de canons, de pièces à feu et pas seulement d'arbalètes et de sagaies, il se rendrait maître de la place en freinant la fougue de ses troupes montées plus enclines à l'assaut qu'à l'attente et protégeant ses fantassins de hauts murs de terre. Il prit pied sur le Pic qui dominait la citadelle, d'où il la pilonna le temps qu'il fallut pour abattre la superbe de ses murs.

Lors d'une sortie nocturne des défenseurs, l'émir les piégea ayant bien caché sa cavalerie dans des tranchées. L'âne portait de la poudre et des balles et suivait les arquebusiers qui sortirent à découvert. Les Portugais étaient braves, mais les Marocains l'étaient tout autant, tous luttaient pour leur foi, tous se battaient pour leurs biens, chacun voulait survivre, mais la vie de leur honneur leur était plus précieuse que celle de leur chair. L'émir qui dirigeait lui-même l'assaut, tranchait des têtes, estoquait des poitrines et fendait des armures, mais soudain, quand il vit, pressé par ses soldats, le frère de sa femme, sa chrétienne bien-aimée, le cœur lui manqua : pas lui ! Il descendit de cheval et l'assomma du plat de son cimeterre. Un âne le gênait qui s'écarta. Prompt comme peut l'être un homme de guerre, l'émir mit à profit le désordre de la bataille et cacha le jeune chrétien, presque un enfant encore, sous un buisson. Pour qu'aucun de ses propres guerriers ne voie le corps évanoui, il attira à lui des Portugais avides de l'espérance d'abattre l'émir de leur épée. Le combattant de La Foi lança un fougueux et provocateur « Allah el Akbar » qui relança la violence du combat ; appelés par leurs chefs au nom du Christ, les Portugais, oubliant toute fatigue, se ruèrent gonflés d'espérance. La lutte fit rage autour de Mohamed El Mahdi qui éloigna petit à petit la mêlée sanguinaire loin de l'adolescent évanoui. Il vit l'âne s'approcher et se coucher devant le corps, finissant de le masquer aux yeux de la soldatesque assoiffée de meurtres et de hauts faits. L'émir remercia le Tout-Puissant de son aide et oublia tout à fait l'incident pour obtenir la victoire pour le Très-Haut. Avec la nuit, le silence s'étendit sur les cadavres dépouillés.

L'âne réveilla le jeune homme qui se hissa sur son dos et il l'emmena jusqu'au pied de la forteresse et quand il s'en revint, il rencontra l'émir qui cherchait son beau-frère. Il s'approcha de lui et mit son museau dans la main ensanglantée du chef de guerre, qui comprit ; ils revinrent tous les deux vers le camp. Et tous de s'étonner de voir un grand guerrier et une bête de somme marcher côte à côte. Comme si marchaient côte à côte deux frères de sang, tous deux harassés au retour d'un long jour de labeur.

Au cours des derniers assauts aux murailles ruinées par les boulets et la mitraille, nombre de braves des deux camps périrent, mais la fin fut un bain de sang. S'enfuyant à la nage vers les caravelles trop tard venues pour sauver la citadelle, les chrétiens furent massacrés par les assaillants montés sur des barques et la mer était rouge. Elle emportait au large, vers la flotte portugaise, des cadavres exsangues et roulait des corps brisés et hachés vers la plage où Sawadogo Mouhamadou errait, abandonné après avoir été employé à tirer les embarcations. L'œuvre de la mort et de la haine avait ainsi continué sur les flots. Il oublia alors quelle était la Tradition dans laquelle il priait l'Unique : il pleura de voir tant d'enfants, de femmes et de vieillards égorgés. Qu'ils fussent chrétiens ne comptait plus. Qu'eux-mêmes aient massacré des femmes, des vieillards et des enfants musulmans lors des assauts précédents n'excusait plus rien à ses yeux. Tout d'un coup, Mouhamadou perdit le goût de la vengeance. Dans la mort donnée et reçue, tous lui parurent innocents et victimes. L'âne remontait la plage quand une explosion ébranla la citadelle : la réserve de poudre avait sauté et un rocher arraché de la muraille fendit l'air et lui écrasa la tête.

Le cœur gros, pleurant sur tant de meurtres et de souffrances partagés, quand bourreaux et victimes étaient si semblables de noblesse et de cruauté et intervertissaient leurs rôles selon les respirations de la bataille, Sawadogo Mouhamadou montait la dure côte caillouteuse du paradis. Il s'assit au pied de la porte, sur la pierre. Elle était noire, mais plus rien ne s'y lisait : aucune de ses fautes particulières ne lui était visible. Il n'essaya pas de toquer à la porte. Il accepta le châtiment de toutes ses fautes, des plus minces aux plus graves. Sans chercher à les classer. Il se leva de son siège et se retrouva dans la même plaine, mais les Portugais n'y étaient encore jamais venus. Il n'y avait qu'une petite bourgade où se trouvait une source pérenne. Alors, il s'éloigna du rivage où mourait l'océan. Parfois, un paysan se saisissait de lui et l'utilisait. Souvent, il finissait par s'enfuir, prenant la route de l'est. C'est ainsi qu'il arriva dans une plaine inondée, s'y noya, remonta au paradis et en revint sans savoir que c'était la Medjerda.

Il traversa des déserts, des villes, des campagnes luxuriantes, des jardins arrosés avec amour. Souvent, il remontait le sentier vers le paradis et revenait sans barguigner porter son fardeau sur terre. Il arriva en Égypte. Un fellah du Nil l'utilisa quelques années, puis le vendit. Sa vie ne fut plus composée que d'années de travail entrecoupées de jours de marché où il changeait de maître, trouvant le nouveau plus dur, puisque dur différemment du précédent. Passant de main en main, il connut toutes les faces de la misère et de la méchanceté humaines. Il connut la douleur d'avoir "l'accélérateur", cette plaie ouverte au flanc d'une croix faite au couteau et que le maître fouaillait pour le faire aller plus vite. Et quand le maître n'y mettait pas son bâton à la pointe durcie au feu, les mouches s'y abreuvaient jusqu'à le rendre fou.

Chaque fois qu'il revenait de casser ses grandes dents aux portes du paradis, les hommes étaient différents de ceux qu'il avait connus. Il y eut les Arabes, et brusquement les Égyptiens qu'il servait furent des idolâtres, avec leurs grandes statues. Humilié d'être ainsi parmi des infidèles de la pire espèce, l'âne Mouhamadou s'enfuit encore plus loin vers l'est. Joint à des caravanes, il recommença à pérégriner le long de la mer, ou de la mer vers les montagnes. Ces allers-retours sans fin venaient à lui plaire ; il cessa de ruer, de mordre ; il acceptait sa condition et les souffrances qui lui étaient liées ; il continuait seulement à se défendre si sa misère était trop grande, mais les cauris salis de ses péchés quand il s'appelait Sawadogo Mouhamadou devenaient chacun comme une aiguille qui le perçait plus vivement que les morsures des taons et les titillements des pointes dans la plaie de l'accélérateur. Au lieu de passer son temps à se défendre, l'âne Mouhamadou méditait. Il regardait ses actions passées l'une après l'autre et la honte l'inondait de sa sueur fétide. Vint le temps où il ne protesta plus, se soumettant avec humilité. Sa souffrance changea de nature, elle qui lui poignait le corps se mit à lui tourmenter l'âme.

C'est ainsi qu'il arriva à une ville qui était Jérusalem. On se saisit de lui alors qu'il allait broutant entre l'herbe rare née des rejets des eaux des maisons. Il était si maigre qu'on le prit pour un ânon. Un homme se hissa sur lui. Pour la première fois, Mouhamadou marcha sans déplaisir. Le soir, il dormit près de l'homme qu'il suivit avec ceux qui l'accompagnaient, qui étaient douze. Une paix étrange l'habitait. L'abandonna totalement le goût de mordre, de blesser, de ruer. Il ne gémissait plus. Il regardait autour de lui et ne voyait que la peine et la misère des hommes, il les plaignait. Une nuit, comme il accompagnait son maître dans un petit bois où il se mit à prier avec ferveur alors que lui, son âne, broutait en paix dans la fraîcheur reposante les maigres feuilles et herbes entre les oliviers, des hommes en armes vinrent, se saisirent du maître et abandonnèrent là l'âne, avec un homme, un des douze, qui se pendit ; de sa poche tombèrent

des pièces dont le son métallique décida Mouhamadou à partir. Ce fût aussi dans Jérusalem (l'année avait à peine remonté son cours), que lors d'une fête on se saisit de lui. L'homme qui était avec lui au Jardin des Oliviers monta sur son dos. Ils allaient dans une avenue couverte de palmes, les gens autour de lui criaient et chantaient :

« Hosanna ! Hosanna ! »

Mouhamadou était presque heureux. Dans la joie de la pâque juive, l'ânon trottait, il veillait à ne pas glisser sur les feuillages et les palmes qui jonchaient le trajet. L'homme était si léger qu'il n'en sentait pas le poids. Un bonheur baignait la ville et la foule. Quand le soir vint, Mouhamadou mourut dans une grande paix. Il ne tenta même pas de monter toquer à la porte du paradis, il toucha juste la pierre et redescendit tout seul sur terre : il connaissait bien le chemin désormais.

✣ ✣ ✣

Revenu à Jérusalem, il comprit qu'il n'avait plus rien à y faire, alors il erra des années dans le désert. Le temps le lavait. Il allait parfois de gré chez les hommes pour aider une vieille femme dans la misère ou porter le fardeau d'un vieillard tout perclus, ou de force quand il se faisait prendre. Mais, toujours, il mettait tout son cœur à les aider dans leur tâche de portefaix ou de paysans. Finalement, il fut joint à une caravane. Au début, il porta les sacs, puis servit de monture à un vieillard et finalement aux enfants, car il était si doux que très vite les femmes le prirent en affection. Plus de trente ans passèrent ainsi, à leur façon : ils s'enfonçaient dans le passé. Mouhamadou se trouvait en Galilée quand un menuisier l'acheta. Il voulait une bête douce et docile, car il devait cheminer jusqu'en Judée

d'où il était originaire. Sa femme était enceinte et ne pouvait faire le trajet à pied. L'âne porta la femme et ils marchèrent longuement jusqu'à arriver un soir près d'une grotte qui servait d'étable à quelques moutons et un bœuf ; ils s'y réfugièrent, car on était au cœur de l'hiver. Dans la nuit, la femme donna naissance à un garçon; il faisait si froid qu'aidé du bœuf, l'âne souffla sur le petit corps nu pour le réchauffer. Des bergers vinrent offrir du lait et des dattes, du pain et du miel ; trois grands rois vinrent aussi. Que l'un d'eux fût noir réjouit Mouhamadou et le remplit de fierté. Ils posèrent près de la crèche de paille où gazouillait l'enfant des vases de parfums précieux. Encens, benjoin et myrte embaumaient l'air, exhalant leurs fragrances par l'ouverture des vases d'or et d'argent ornés de pierreries posés près de l'humble mangeoire. Le cœur de Mouhamadou était comme une forge et son poitrail soufflait l'air chaud. Il était heureux, avait-il été jamais si heureux, avant ? Mais il souffla tant qu'il s'y épuisa, sa poitrine se rompit. C'est en souriant qu'il grimpa le chemin cailouteux, il lui semblait avoir gardé dans sa grimpette vers les portes du paradis, la même allure trotteuse que lorsqu'il était âne ! Il posa sur la pierre une main respectueuse qui demandait pardon de l'avoir ainsi salie dans ses vies antérieures et il repartit sur terre.

Ensuite, l'âne retrouva les routes. Alors qu'il marchait depuis plusieurs années dans le désert, la caravane dont il faisait partie aboutit à une ville aux hautes murailles ;

les dunes étaient de feu tout alentour d'elle qui se dressait fière et orgueilleuse. Mouhamadou, libéré de tout fardeau allait divaguant ainsi que le reste des bêtes de somme dans les ruelles, cherchant de quoi manger et boire. Mais il ne trouvait rien. Il se dit qu'il était temps de mourir de nouveau pour ne pas trop souffrir de vivre, car il se faisait vieux à remonter ainsi le temps sans cesse. Pourtant il ne voulait pas grimper la côte qui menait à cette porte qu'il ne méritait pas de franchir..., il voulait seulement que sa douleur cessât quelques heures, car c'était désormais quand il mourait qu'une joie l'habitait le temps de cet aller-retour. Mais le dernier voyage avait été dur. Bêtes et hommes avaient souffert ; la faim et la soif les tenaillaient et quand ils arrivèrent, les hommes se précipitèrent dans les maisons et laissèrent les bêtes débâtées se débrouiller seules.

L'âne atteignit une grande place que deux monticules limitaient. C'était encore la nuit. Il alla de l'un à l'autre sept fois, il ne cherchait même plus sa pitance, il allait l'esprit occupé à rien, sinon à absorber la beauté de la nuit ; c'est alors qu'il vit une grande pierre noire au centre de la place, il tourna autour cherchant de l'herbe, sept fois il tourna autour, l'esprit de nouveau absent : qui prie oublie, car il n'est qu'oraison ; et il sortit de sa torpeur, non pas désespéré, mais renonçant. Il finit par s'accoter au roc et y posa son museau. La fraîcheur de la pierre le rasséréna lui faisant oublier jusqu'à son malheur présent et passé. Il laissait aller sa respiration, et son esprit respirait aussi. Son souffle irriguait toute fibre de son corps. Il lui semblait qu'il était à se reposer entre deux réincarnations asines sur la pierre des portes du paradis.

C'étaient la même fraîcheur, la même paix, la même joie. Mais la nuit était profonde et il ne regarda pas la pierre de peur de rompre, par curiosité, l'enchantement qui était le sien. Puis le jour fut là et des gens sortirent des maisons.

Quand ils virent l'âne contre la pierre noire, ils crièrent au scandale. N'était-ce pas la pierre qu'avait apportée l'ange Gabriel à Abraham? Alors, pur don de Dieu, elle était d'une blancheur virginale. Si elle était noire aujourd'hui, c'est que les péchés des hommes l'avaient salie. L'humanité avec sa méchanceté et sa bêtise, les hommes et les femmes avec leur jalousie jamais éteinte et leur envie dévorante l'avaient corrompue à cœur. Tous, avec cette soif d'or, de luxure et de puissance, avaient terni non seulement leur âme, mais jusqu'à la pierre donnée par Son représentant. Alors, Sawadogo Mouhamadou comprit qu'il était à La Mecque, ville sainte déjà avant même que le Prophète Mohamed – que la bénédiction divine soit sur lui – l'eût proclamée telle en faisant d'elle le phare vers où se dirige le fidèle en prière.
Pour lui, c'était son quatrième passage ici...

La foule alertée vint sur la place et elle chassa l'âne impie qui souillait la pierre noire de s'en être seulement approché. Puis elle le lapida. Le soleil brillait, le sable rougeoyait, les pierres des murailles et le pisé des maisons donnaient plus de fraîcheur à l'ombre des murs. L'âne ne tenta rien ; il ne mordit pas l'enfant audacieux qui s'approcha trop près pour lui crever l'autre œil, son frère ayant eu la bravoure d'extraire le premier ; il ne lança pas son sabot contre la fillette qui tomba sur lui, pressée par la masse excitée...
Il se soumit.

Le regard de ses yeux morts voyait les cauris de ses péchés blanchir. Il ne respirait plus quand les pierres finirent de disperser ses chairs que se disputèrent les chiens et les vautours. C'est ainsi que Sawadogo Mouhamadou, Hadji et Bienheureux, mourut. C'était l'origine des temps.

Mouhamadou n'eut pas à gravir la pente qui menait au paradis, il y arriva directement, la porte était grand ouverte. Sur le seuil, une pierre blanche gênait l'entrée, il la prit et alla la remettre à l'homme qui priait dans la plaine. S'ébattaient entre deux monticules de terre caillouteuse des gazelles et le troupeau de moutons de l'orant. Alors qu'il volait dans l'azur retrouvé, laissant derrière lui la trace floconneuse d'un nuage effiloché dans le ciel, il jeta un œil en arrière et vit la tache de lait que faisait la pierre dans la grisaille du désert.

5

Kourata Sinda

Kourata Sinda

D'une saison des pluies à l'autre, la brousse d'abord se dessèche sous le vent d'hiver pour ensuite, avant que les pluies ne reprennent, brûler d'abord sous le soleil, puis dans les flammes allumées par les hommes. C'est alors que les arbres s'illuminent de fleurs, juste avant que la saison sèche ne s'achève, elle qui paraît interminable par l'immobilité absolue des choses – dans leur silence, l'air, le vent, la poussière rendent tellement improbable que la sécheresse ne se termine jamais ! Fleurs jaunes des mimosas, violettes ou mauves des lianes ; boules sanglantes des nérés et velours gris des chatons d'acacias. Les premières feuilles naissent annonçant l'espérance des premières eaux du ciel. Mais les bêtes souffrent – et les hommes aussi – jusqu'aux premières pluies : la faim les travaille sur cette terre brûlée. Alors que le soleil dessèche toute mare et marigot, la soif les oblige à parcourir de longues étapes de point d'eau en point d'eau et il faut creuser au fond des replis de la terre, dans la boue des forêts ombreuses pour trouver encore à boire. Pourtant, les pousses naissantes savaient, tumescences têtues que nulle conscience ni mémoire n'habitait, que les pluies revenaient dans leur cycle millénaire fécondant, remontant de la côte atlantique vers l'intérieur de l'Afrique. Il fallait savoir vivre en confiance, sans s'interroger : la végétation louait l'infinie bonté du monde en l'illustrant de la beauté de son renouveau, du chant de ses feuilles naissantes et de l'hymne éclatant de ses fleurs. Il n'y avait pas que les arbres qui fleurissaient ; le sol desséché s'ouvrait sous la poussée insidieuse des bulbes qui le perçaient de la force têtue de la langue verte de leurs rejets. Quand les feuilles gonflées de sève s'ouvraient, elles se révélaient être l'écrin d'une branche de grelots rouges ou d'un cylindre charnu, jaune vif, qu'entouraient des essaims affolés d'abeilles.

Ce retour périodique des mêmes difficultés inspira un paysan nommé Kourata Sinda. Après les pluies, il consacrerait son temps libre à ramasser les herbes de la savane : il les entreposerait en l'attente des grandes famines qui saisissent les troupeaux peulhs juste avant les pluies suivantes. Ainsi, se dit-il, quand ils reviendront par ce pays avant les pluies, alors que leurs bêtes abruties de chaleur et de soif titubent de faim, je leur vendrai la paille, et ainsi aurais-je de quoi prendre femme ! Sinda était court de taille et désirait une femme grande et belle. N'ayant pas de prestance naturelle, il lui fallait espérer séduire par d'autres moyens la belle voisine que son cœur convoitait. Il avait le chef dégarni et des cheveux seulement sur les tempes ; en compensation, il s'était laissé pousser une barbe qui s'achevait en barbichette de bouc.
Lorsque la saison sèche commença, il mit les tas de paille, les fanes de feuilles d'arachide et les tiges de mil à l'abri de leurs prédateurs naturels dans les grands arbres, là où les branches maîtresses se séparent et font, du jet des ramures s'écartant vers le ciel, une ombrelle.

Biches alertes, phacochères bruyants et termites affairés ne purent y toucher. Même les feux paysans qui tournèrent autour des arbres n'atteignirent pas les réserves de Kourata Sinda, qui avait tant peiné pour les hisser si haut. Ce qu'il aima alors durant ces mois de sécheresse, c'était partir chasser en brousse non sans jeter un dernier coup d'œil à son village aplati dans le lointain derrière un de ses arbres-greniers.

Dès que l'alizé d'hiver tomba, la chaleur reprit. Dans l'opale des atmosphères de la saison qui précède les pluies, quand la poussière pulvérulente sature la lumière d'une aura laiteuse, chacun halète dans la chaleur et l'air paraît si rare que l'on croie respirer les braises du soleil. Tous souffraient, mais pas Sinda : l'espoir le rafraîchissait. Il se levait chaque matin tout joyeux : il contemplait sa richesse perchée dès les premières lueurs du jour.

Autour, toujours le même paysage pelé, la même inespérance : des plaques de latérite, de gravillons rouges ou de sables ocres ressortaient des herbes jaunes, immangeables sinon pour les seuls termites ; ces sols stériles, invisibles sous les herbes durant les pluies, saillaient dans ce qui restait de robe végétale comme les côtes des animaux amaigris par la faim leur sortaient du poil. Les paysans brûlaient les dernières traces végétales pour dégager la brousse. Les pasteurs tranchaient quelques épineux et donnaient les pousses de l'année à leurs troupeaux. Si chèvres et ânes pouvaient les manger, les brebis bêlaient lamentablement tandis que, de lassitude, les vaches aux bosses plus vides que des outres percées, humblement baissaient leurs immenses cornes de lyre vers la terre inclémente. Sinda scrutait l'horizon en attendant les grands troupeaux peulhs. Parfois, le miroitement du soleil lui donnait l'illusion qu'ils arrivaient derrière ses arbres-greniers. La blondeur dorée de ses pailles resplendissait si fort qu'elle provoquait des mirages ! Bientôt il serait riche et aurait femme !
C'était sans compter sur les girafes.

Peu gênées par la hauteur des greniers naturels de Sinda, des girafes dévorèrent en une nuit toute la richesse de l'homme court. Cela les changeait des pains de singe grappillés sur les baobabs, des fleurs de la canopée des arbres et des bourgeons poussant vers le ciel la croissance des épineux renaissant dans la fournaise de l'avril africain.
Dans la lumière blanche de l'aube, Kourata Sinda vit que l'on avait pillé ses réserves. Il en fut désespéré, voyant s'écarter tout espoir de convoler avec l'élue ! Il eut vite fait de savoir qui l'avait ruiné : les larges empreintes étaient autant d'insolentes signatures. Furieux, il prit ses armes et alla pister le troupeau.

Après une marche hargneuse, il rejoignit les commères au long cou perché sur de hautes jambes. La haine avait rendu son pas infatigable ; pourtant, il n'aurait pas eu à se hâter, car les girafes ne fuyaient pas : elles gambadaient, allant d'un arbre à l'autre, grignotaient par-ci, goûtaient par-là… Sinda arma son arc et s'approcha avec précaution du troupeau ; il n'en fut pas moins repéré par la cheftaine du groupe qui comprit, à l'allure cauteleuse de ce petit chasseur en pleine action, qu'un danger s'en venait.

On peut croire que se cacher est difficile à une girafe, mais pas du tout. Les taches brunes sur sa robe jaune sont comme des plaques de terre dans l'or des savanes ! Son ombre se confond avec celle des arbres, le balancement de sa tête dans l'air éthéré paraît le vol paresseux d'un rapace…

La girafe attrapa Sinda par le pantalon bouffant qu'il portait, le souleva jusqu'à elle et lui parla :

— Rabougri barbichu, que veux-tu ?

L'archer tremblait de peur, et la rage d'avoir été surpris l'empêcha d'être prudent :

— Vous m'avez mangé toutes mes réserves ! À cause de vous, je vais encore rester célibataire !

— Les hommes et les girafes sont amis, dit la cheftaine avec douceur, nous mangeons l'herbe et les pousses de la canopée des grands arbres ; vous mangez du grain et de la viande de chasse et le lait de vos bêtes. Pourtant, de mémoire d'homme ou de girafe, avons-nous jamais figuré dans un plat de viande ? Alors, pourquoi ce regard dur et cet arc armé ?

— Vous m'avez ruiné. Je veux me venger !

La girafe sourit : le sens du ridicule n'est pas le même chez les girafes et chez les hommes, mais quand même, la situation vue par elle lui paraissait comique. L'homme court n'était pas en mesure de se venger et la situation n'était pas à son avantage, retenu qu'il était, et fermement, par le caleçon ; d'ailleurs,

perché au-dessus des arbres comme il l'était, Kourata Sinda avait le vertige et craignait que sa culotte ne craque et qu'il se rompe les os en tombant de si haut ! Cependant, la cheftaine apprécia la franchise de l'homme court, car les girafes elles-mêmes ne mentent jamais, ce qui est bien connu. Elle le laissa s'expliquer et lui dit :
—Que veux-tu exactement ? Une femme ? C'est donc seulement cela..., reprit-elle au hochement de tête de Sinda. Je peux t'en donner une. Et elle le reposa à terre, non sans écraser d'un sabot prudent l'arc et la flèche. L'homme court ne se voyait pas affublé d'une girafe comme épouse. Certes, il en voulait une grande, mais quand même ! Cependant, la cheftaine appela à elle une de ses compagnes :
— Nia, lui dit-elle, ce monsieur cherche femme et toi tu as toujours voulu devenir une humaine.

Nia approuva et dans la seconde suivante, elle fut une belle jeune fille, un peu plus grande que Sinda, ce qui le combla. Ah ! Les sentiments de refus qui l'avaient un instant possédé à l'idée d'épouser une girafe s'effacèrent de son cœur. Les pluies venaient, la nature se réveillait et elle perça son désir en l'homme que la faim et la soif emportèrent.

— Attention, prévint la cheftaine (car une girafe ne peut mentir et elle devait dire la vérité à l'homme court), Nia ne deviendra totalement et exclusivement humaine que si elle t'aime. C'est à toi de te faire aimer... Petit barbichu, tu ne pourras te contenter de t'en satisfaire. Et en attendant, il faudra que quelques heures par jour elle redevienne girafe et circule en brousse. Soyez discrets l'un et l'autre, conseilla-t-elle pour finir. Tout à son bonheur, l'homme court emmena la femme chez lui et, très rapidement, Nia devint une épouse accomplie. Elle s'absentait chaque jour en brousse d'où elle rapportait du bois pour la cuisine, des herbes pour la sauce et des plantes médicinales.

Les mois passèrent, une année entière. Après les pluies revint l'harmattan, que la chaleur suivit avec son air blanc de poussière quand, dans la torpeur et l'abrutissement, la brousse attend les pluies. Nia n'arrivait pas à cesser de redevenir girafe malgré les attentions de son mari qui l'aimait beaucoup. Ne sachant pas ce qu'était qu'aimer, Nia se croyait une épouse aimante, car elle confondait son bonheur d'être humaine avec celui d'être une femme. Quant à Sinda, il oubliait qu'aimer ne suffit pas à attirer l'amour ; il confondait son bonheur d'avoir femme avec celui d'être un amant. Etre un mari est finalement aisé, dormir auprès d'une femme comblée par l'amour

ne l'est pas. Mais l'homme court ne voyait que ce qu'il possédait : avant sa rencontre avec la cheftaine c'était son grenier, aujourd'hui c'était Nia. Mais la girafe trouvait que la vie d'épouse n'avait guère de compensations comme elle en rêvait quand elle était à brouter avec ses compagnes la canopée des acacias blanchis par la saison sèche.

Un jour qu'elle allait en brousse reprendre sa forme d'origine, elle fut remarquée par un lion caché dans un buisson. Au lieu de sauter sur la jeune femme pour la dévorer, le lion prit le temps de la regarder ; il contempla la peau au noir luisant où le soleil semblait se mirer, le cliquetis de ses bracelets de main et de pied, sa chevelure tressée emmêlée de laines colorées... Il s'énamoura de Nia qui, insouciante, ne sentit pas sa présence.

Le lion était jeune et s'appelait Niou. Il venait chaque jour regarder passer sa bien-aimée. Il n'en mangeait plus ! Il ne la suivait jamais, car la voir le saturait ; il rêvait d'elle. Ainsi ne sût-il jamais son secret : que Nia était mi-humaine, mi-girafe. Ni humaine, ni girafe. Niou voulut finalement être aimé comme il aimait et il alla voir un vieux marabout, lettré, savant et saint. Le marabout était un marabout, un oiseau donc, un Leptoptilos crumeniferus d'une vénérable ancienneté, avec un gros bec claquant, droit sur le fil de fer de ses guiboles osseuses, la plume pas mal défraîchie par l'âge, et l'air résigné de qui est revenu de tout. De fait, rien ne l'étonnait. La demande de Niou le laissa parfaitement serein.
— Oui, tu peux être un humain ; je peux te rendre homme mais pour le rester définitivement il faudra que la femme t'aime : l'humanité naît de l'amour partagé ! En attendant cet improbable jour, tu devras quotidiennement redevenir lion quelques heures.

Le lion ne pouvait se décourager, il accepta le défi d'être aimé par la belle jeune femme qu'il contemplait chaque jour quand elle allait en brousse chercher herbes de santé et bois de chauffe. L'illusion est commune, pensa le marabout, et ses yeux en bouton que la vieillesse rendait vitreux ne trahirent pas la pitié qu'il ressentait de la folie qui saisit les êtres à la saison des amours. Les pluies allaient venir. Leur annonce par cette brousse laiteuse chauffée à blanc mettait la démence dans les cœurs juvéniles, tout comme elle forçait les plantes à pousser fleurs et bourgeons, démentant, par ce surgissement brutal de la vie, toute la désespérance qui les habitait. Que la nature lui paraissait curieuse qui, quand elle se fait enfer, illumine l'avenir de l'espérance du paradis !

Ce soir-là, Nia préparait le plat pour servir son mari quand un beau jeune homme pénétra dans la cour. Il avait une allure noble, un port de tête royal, le cheveu abondant et une peau couleur de miel sombre. De haute taille, il dépassait Nia d'une bonne tête ; pour voir les traits harmonieux de son visage, elle dut se pencher en arrière, et le regard du bel étranger plongea sans façon en ses yeux éblouis. Elle en resta interdite mais se reprit vite et son cœur bondit de joie quand son mari lui manda de préparer un repas pour l'hôte, car elle serait morte s'il était parti à peine arrivé !
Les deux hommes mangèrent.

Celui qui disait s'appeler Niou dormit dans la case du couple. Le mari ne voulait pas que le jeune homme reste dehors, alors qu'il avait vu souvent des traces de lion pas loin en brousse.

Et au fil des jours, Niou séjourna dans la petite concession de Sinda qui poussa la gentillesse jusqu'à construire un abri de paille pour son étranger.

Aveuglé par le contentement de soi, le barbichu ne vit rien venir, et ce fut lors d'une sieste que lui procura l'abrutissement d'un capiteux dolo que les deux jeunes gens s'avouèrent leur amour. Mais les deux amoureux ne pouvaient s'avouer d'où ils venaient et quel étrange sortilège les avait faits humains : la bière de mil qui leur avait donné le courage de l'aveu n'avait pas brouillé leur esprit au point de dire qui ils étaient. Chacun croyait que l'autre était simplement un homme, simplement une femme... comment dire que soi-même... Chaque jour, ils s'écartaient l'un de l'autre, elle pour aller chercher du bois, lui pour chasser. Et effectivement, il n'était de soir qu'il ne revienne avec du gibier, toujours du gros gibier. Avec quoi l'attrapait-il ?, c'était un mystère, mais ni Sinda ni Nia ne s'interrogèrent sur cette étrangeté : le petit gibier l'indifférait ou lui échappait.

Des jours passèrent ainsi, Nia allait en brousse se changer quelques heures en girafe quand Niou allait lui-même s'écarter pour redevenir un lion ; chacun prenait bien garde à être aussi discret que possible. Quand ils étaient humains, ils ne pouvaient que s'entreregarder, les yeux exaltés par l'amour, tant et si bien que l'homme court en conçut de la jalousie. Il raisonna : ne les voyait-il pas s'écarter en brousse quasiment en même temps et revenir de même ?

Son infortune lui devint une évidence : Nia aimait, mais celui qu'elle aimait n'était pas Kourata Sinda ! La jalousie le rongea. Tant et si bien, son cœur saigna : il décida de tuer Niou.

Sinda suivit son hôte dès que celui-ci quitta la maison pour aller, disait-il, à la chasse. Dès qu'il fut caché par les buissons, il plaça une flèche empoisonnée armée contre le bois de son arc, prête à être tirée. Niou disparut derrière un buisson, un rugissement s'entendit et un lion magnifique, couleur miel avec une sombre crinière de feu, en jaillit. Sinda n'eut que le temps de se cacher : son rival avait surpris un lion au repos, justice était faite ! L'insolent avait été massacré. Le fauve ne devait pas avoir faim et avait dû tuer l'amant de Nia d'un seul coup de patte. L'autre n'avait même pas su qu'il mourait ! Sinda s'enfuit comme le lion s'étirait voluptueusement au soleil dans sa peau toute neuve, insoucieux de l'homme court qu'il n'avait pas senti ; quand il fut certain que le lion était parti, le chasseur d'homme revint sur ses pas pour vérifier la mort de son rival et ramener le cadavre chez lui pour que sa femme ne puisse soupçonner qu'il avait compris leur amour.

De son côté, allant par bonds, Niou parcourut la brousse en faisant de grands cercles quand une odeur de girafe lui fut apportée par le vent ; il s'approcha et vit sa proie trop occupée à brouter les bourgeons des hautes branches pour le percevoir. Il se coula dans les hautes herbes. Il ne sentit pas lui-même qu'il était suivi. Kourata Sinda, s'étant étonné de ne rien trouver de Niou derrière le buisson d'où le lion avait jailli, avait pisté le fauve, cherchant la raison de ce mystère : les traces du lion n'étaient que celles de ses pattes,

il n'avait traîné aucun cadavre ! Son rival avait proprement disparu ! Envolé ! Envolé comme une fourmi dans le tourbillon de vent d'un djinn ! Ses pas avaient partiellement été effacés par les larges coussinets du fauve. L'homme était parti soudainement, mais il semblait que le lion quant à lui soit venu comme de nulle part pour se matérialiser derrière le buisson : autour, aucune trace n'indiquait qu'il y serait venu ! Quand le lion se coulait dans les herbes, son poursuivant allait du même pas égal ; quand il s'arrêtait, humant le vent, Sinda s'aplatissait aussi au sol et regardait ; il n'avait nullement

l'intention de tuer le fauve, le poison de ses flèches n'aurait pas été assez puissant pour tuer un animal tel que lui ! Il voulait comprendre. Soudain, le lion se tapit, et Sinda, suivant le regard du fauve, vit la girafe. Il la reconnut : c'était sa femme ! Il était encore loin et courut dans les herbes pour la rejoindre. Mais quand il vit que le lion s'apprêtait à bondir, il cria : « Nia ! » Sa femme avait éventé, non pas l'attaque, mais la course de son mari et, à son cri, s'écarta. Le lion atteignit cependant sa proie de ses griffes sorties qui furent autant de poignards qui

lacérèrent la robe mouchetée couleur de brousse. Le lion, qui avait aussi entendu le cri de l'homme, resta interdit. Il s'aplatit au sol. Mais les sabots de sa victime l'atteignirent lui brisant des côtes. Cependant, insoucieux de la douleur, il ne bougea pas et resta à fixer la girafe qui reconnut l'homme qu'elle aimait malgré la métamorphose.

« Toi... », dit-elle...

L'homme court avait eu le temps de s'approcher et d'armer son arc. La flèche partit mais la girafe la vit. Pour protéger son amant, elle baissa la tête et son long cou reçut le dard. Furieux de ce mauvais tir, Kourata Sinda avança de quelques pas encore, réarma son arc et tira de nouveau. Si la deuxième flèche atteignit le fauve à la gorge, c'est parce qu'il n'avait pas voulu bouger : il contemplait sa bien-aimée enfin reconnue !

C'est alors que la girafe et le lion, sous les yeux étonnés du chasseur à l'arc se transformèrent : elle en Nia, lui en Niou.

Les deux amants, redevenus humains, s'embrassèrent alors que le poison allait accomplissant sa besogne mortelle en deux corps aimants, fragiles d'avoir perdu le cuir de leurs robes sauvages et le bouclier de chair de leurs muscles. Les deux bêtes de la brousse, devenues humaines parce que leur amour avait été plus fort que leur animalité, s'étreignirent et moururent quand le venin du mari atteignit leurs cœurs. Le chasseur vit leurs regards extatiques ; leurs visages s'illuminaient de la dernière vision qu'ils emportaient de leur bonheur. Ils étaient heureux ! Ils étaient partis tout emplis de leur amour !

La haine saisit Sinda, il s'approcha des corps, dressant haut son arc pour fouetter ces cadavres qui l'insultaient. L'arc se rompit au vingtième coup. Il se jeta sur les amants, mais ses bras ne purent séparer les deux corps enlacés ; de son front furieux, il les cogna, voulant détruire cette image qui lui était insoutenable. Il grognait, ses coups de boutoir ne purent les séparer : l'homme et la femme restaient soudés. Il voulut disperser les chairs que la mort avait réunies en les martelant de ses poings serrés, en les griffant de ses ongles furieux. Il y mit même les dents, mais sa gueule ne put séparer ce que l'éternité engloutissait. Alors, Kourata Sinda renonça, la honte l'envahit et la démence le submergea. Il s'enfuit.

Dans la brousse blanche, Kourata Sinda galopait plus qu'il ne courait. Il ne sentait pas la brûlure du soleil ; il fuyait dans la poussière opaline de la brousse surchauffée. Pour aller plus vite, il s'aidait même de ses mains. Il lui sembla même galoper à quatre pattes et il en ricana. Sa course évitait les termitières champignons qui parsèment les bas-fonds de terres grises. Mais qu'elles étaient hautes ! Ce ne fut qu'au soir qu'il comprit ce qu'il était devenu quand une bande d'hyènes l'accueillit comme une des leurs.

6

la louve et le fennec

la louve et le fennec

Dans le Grand Nord, une jeune louve blanche trouvait le temps bien long. La jeunesse a de ces effets : l'adolescence paraît ne jamais devoir finir. La monotonie du paysage la navrait : du blanc partout. L'air était toujours frisquet : la température manquait de chaleur, elle n'atteignait jamais zéro degré, ce qui convient bien aux plantigrades mais pas aux loups. Fussent-ils blancs. Elle vivait seule, car elle s'était lassée de ses compagnons qui ressemblaient par trop à la neige quand ils fermaient les yeux et enfonçaient leur nez noir entre leurs pattes. Elle en avait eu assez de suivre la longue file familiale qu'ils formaient avec ses père et mère, oncles et tantes, cousins cousines, visibles l'un au suivant seulement par la petite tache noire sous la queue, pourtant à peine perceptible quand soufflait le blizzard et que les aiguilles de glace piquaient les yeux. Dans le Grand Nord tout est blanc : les bébés phoques, les oiseaux, les renards, les lièvres. Et même les icebergs qui partent pour l'aventure, mettant le cap vers la pleine mer. En plongeant dans l'eau glacée, ils faisaient un gros bruit.

Comme les phoques, ils trouvaient l'eau trop froide et soufflaient de surprise en remontant à la surface respirer. « Où allez-vous grands blocs de glace ? » « Je vais vers le sud », disait l'un. « Voir du pays », répondait l'autre. « Au bout du monde », clamaient les plus insolents. La louve les regardait s'éloigner. Les courants et les vents les prenaient dès qu'ils avaient atteint le large et leur masse blanche se reflétait longtemps dans le ciel bleu. Elle voulait les suivre, mais trop souvent ils servaient d'île à des ours blancs qui ne sont pas trop regardant sur la viande et l'auraient dévorée sans remords et même avec un plaisir pervers.

Un jour, elle vit un esquif glisser sur l'eau. Elle regarda l'Inuit qui le conduisait et se dit que cet engin serait bien pratique pour son projet. Un projet qu'elle n'avait pas une seconde avant et qui se forma tout armé dans ses moindres détails dans sa tête lupine. Elle suivit l'homme des glaces

en se cachant de lui (c'était simple : elle cachait son bout du nez dans la neige, fermait les yeux et le manteau blanc du Grand Nord la recouvrait). Quand il fut fatigué, l'Inuit rangea son kayak sur la glace, se fit un igloo et y rangea son petit barda puis s'enferma pour se reposer quelques heures dans la courte nuit laiteuse. La louve alors vola la pagaie et le kayak, s'élança sur l'eau et s'enfonça vers le sud.

Elle rejoignit rapidement les icebergs et les accompagna durant des milles et des milles. L'océan roulait ses longues lames surmontées d'une crête mousseuse. La louve se nourrissait de poissons imprudents qui venaient voir ce curieux Inuit ; elle les cueillait d'un preste coup de pelle de pagaie, les lançait dans l'air et les gobait s'ils étaient petits et les croquait s'ils le méritaient. Pour se désaltérer, elle suçait un morceau de ses accompagnateurs quand cela était nécessaire. Les glaces fondaient, la température montait et un jour, elle fut seule avec sa soif au milieu de l'océan. Le kayak souffrit de la chaleur : il la prévint dans la langue kayak, qu'elle comprenait à force d'avoir fréquenté l'esquif. De craquements des arceaux de bois et d'os en chuintements de peaux cousues et de fils de nerfs, la louve entendit que le kayak prenait l'eau et allait mourir. Il était heureux du voyage, mais le sien s'achevait. Est-ce la fin du mien aussi ?, se demanda la louve inquiète. C'est alors qu'elle vit une masse sombre entre les ondulations de la houle. Elle s'en approcha.

C'était un grand tronc d'arbre qui roulait son cylindre à des milliers de milles marins des tropiques. La louve lui demanda ce qu'il faisait là. « Je suis un vaillant okoumé des forêts d'Afrique,

lui répondit l'arbre. Cet imbécile de Gulf Stream me balade de par le monde, il attend que les vers me bouffent, que les moules me noient de leur poids mort ! » Il pleurait en parlant. La louve lui dit alors : « Je vais t'aider à te diriger, allons chez toi ». (Elle se disait qu'ensuite elle irait au bout du monde par d'autres chemins.) Ils naviguèrent longtemps. La louve dirigeait le tronc profitant des courants. Elle assommait les tortues marines trop curieuses, cueillait les poissons volants trop imprudents et croquait les oiseaux paresseux qui avaient confondu la robe de la louve avec de l'écume. Les pluies avaient empli d'eau pure les anfractuosités de l'arbre, et elles ne manquèrent jamais, car c'était la saison des grands orages. Et ce fut un jour une longue ligne brunâtre à l'horizon. La louve dirigea le tronc qui ne se tenait plus d'impatience : « Ça sent la terre d'Afrique », criait-il en roulant sa masse dans l'eau salée. Et la louve devait sauter pour ne pas se tremper. Effectivement, c'était l'Afrique, mais pas celle des pluies et des éternelles forêts ; c'était celle du désert non moins éternel et des ciels sans pluie. C'est ainsi qu'ils abordèrent une plage sur laquelle la louve sauta alors que l'okoumé s'y enfouissait, trop heureux d'être là et content de mourir chez lui, même si son vrai chez lui était un peu plus au sud. Leurs adieux furent sobres et brefs et la louve s'avança dans le Sahara.

La louve marchait depuis quelque temps quand elle entendit un petit rire. Elle avait beau tourner la tête tout autour et scruter le paysage et l'horizon sous 360 degrés, elle ne voyait rien, elle était étonnée de ne rien voir, elle qui était habituée à voir sans être vue. Finalement, la lumière sur le sable bougea : une petite chose, comme un tout petit renard, dressa la tête. Il était couleur de dune, seuls ses yeux et son nez faisaient trois petites taches noires sur le sable, il avait de grandes oreilles. « Qui es-tu ? » lui demanda-t-il. « Je suis une louve du Grand Nord », répondit-elle. « Pourquoi es-tu toute blanche ? » « Pour me confondre avec la neige ». La réponse était si absurde qu'elle-même éclata de rire. « Et toi ? » « Moi, je suis un fennec. Touareg de haute lignée, renard du désert et du Livre.

J'ai la robe rousse pour me confondre avec le sable. Je pense que si j'allais chez toi, c'est toi qui me verrais et moi qui te rechercherais ». La justesse du raisonnement étonna la louve qui se prit d'amitié pour ce petit bout d'animal dont elle n'aurait fait qu'une bouchée si elle l'avait trouvée gambadant dans ses neiges éternelles. « Je suis sûr que tu as soif, dit le fennec, viens je vais t'amener à une source ». Et ils marchèrent ainsi quelques heures, ce qui au regard de l'éternité est bien peu, chose dont dût convenir la louve à son nouvel ami dont la sagesse semblait être inépuisable et dont le verbe était fort disposé à la partager. Le soir venu, dans la nuit froide, il l'invita chez lui où ils déjeunèrent frugalement d'un petit tas de sauterelles, d'un lézard et d'un serpent dont la louve ne voulut pas. « C'est ton totem ! », constata plus qu'il n'interrogea, le fennec. « Moi, dit-il pour répondre à l'interrogation qu'il lut dans ses yeux, je n'ai pas de totem, je mange de tout. (Il parut réfléchir.) Sauf le porc, l'âne et le chien. (Et il rajouta dans un soupir :) Et l'homme. » « Et les fennecs aussi ou les fennecs non plus ? », demanda malicieusement la louve qui s'abstint de dire que dans le Grand Nord on mangeait ce qu'on trouvait. L'air scandalisé du renard des sables répondit dans un silence réprobateur : manger du fennec ? Quelle idée impie ! Toute la nuit, ils parlèrent, le ciel était d'encre parsemé d'argent. La louve raconta son rêve d'aller au bout du monde, le fennec lui, qui avait consacré sa vie à la méditation, n'avait pas de rêve de ce genre, mais aller explorer le monde ne manquait pas de charme pour un philosophe tel que lui. Ils en convinrent : demain, ils partiraient vers le sud.

Dès qu'ils furent réveillés, ils prirent la route du sud et atteignirent le fleuve Sénégal en quelques jours. Le gibier abondait, la louve se nourrissait facilement : gazelles et lièvres la regardaient étonnés et finissaient croqués avant d'avoir compris ; quant aux troupeaux des hommes, peu habitués aux

incivilités des loups, ils ne se méfiaient nullement. Le fennec accompagnait son amie à la table et, en dessert, dévorait puces et tiques restées sur la peau, dont le goût d'insecte le ravissait. Ils atteignirent ainsi les immenses savanes herbeuses, avec leurs arbres majestueux : baobabs ventrus, caïlcédrats aux contreforts de mosquée soudanaise, rôniers élancés et, dans les bas-fonds humides, l'enchevêtrement végétal des lianes, palmiers, nim... C'est là qu'ils rencontrèrent une girafe. Elle broutait les pattes écartées quand le fennec la salua. Une grande arrachée d'herbe dans les dents, elle regarda la petite chose insolente qui la toisait. C'était un animal bien réduit en taille pour un chacal ! Et pourvu d'une queue plus touffue qu'un lièvre ! Par ses grandes oreilles, ce n'était pas non plus un écureuil des sables... Devant l'interrogation muette, la curieuse miniature parla : « Je suis un fennec. Bien le bonjour madame la girafe ». « Monsieur, corrigea-t-elle, monsieur le minuscule à quatre pattes. » « Monsieur la girafe », reprit le petit philosophe qui ne se vexa pas pour autant. Il siffla et la louve les rejoignit. La girafe méfiante se redressa, prenant son assise pour envoyer une ruade de ses sabots sur la nouvelle venue habillée tout de blanc comme un colonial. Mais sans casque colonial... ce n'était pas un colonial. Elle est blanche comme une Addjia revenue de La Mecque, enturbannée et vêtue de voiles immaculés !, se dit la girafe. La louve attendit le résultat de l'inspection prudente et quand la confiance fut établie, elle raconta son désir d'aller à l'autre bout du monde. « L'autre bout du monde ? Mais c'est la ville !, dit la petite voix mâle perchée sur son long cou, Car quoi de plus opposé à la brousse que la ville ? Allons à Dakar ! »

D'autorité, ils prirent tous trois un taxi-brousse qu'ils payèrent en monnaie de singe qu'un babouin leur avait donnée contre des intérêts exorbitants qu'ils acceptèrent et oublièrent tout aussitôt. Après de multiples pannes, crevaisons et dérapages incontrôlés sur la tôle ondulée qui faisaient perdre des bagages et obligeaient à revenir sur ses pas pour les recueillir, les trois amis arrivèrent enfin à Dakar.

Quel monde ! Quelle cohue ! Des haut-parleurs braillaient des réclames pour des pagnes, des klaxons résonnaient par toute la ville. Nos trois amis apeurés se tenaient par la main, tentant de traverser aux feux, pour eux toujours rouges puisqu'ils n'étaient que de faibles piétons. Un petit saï-saï de rat de ville les vit qui comprit tout le profit qu'il pourrait faire à cornaquer ces trois broussards mal dégrossis dans la grande ville, la capitale de l'Afrique Occidentale, et donc du monde.

Il les promena dans les hauts lieux de la ville : le marché Kermel, le Teranga, la Place de l'Indépendance avec ses grands immeubles, la plage de Ngor. Il voulut les emmener voir l'île de Gorée, ce qui effraya bien la girafe qui sentait le bateau bouger dangereusement, mais laissa le fennec de marbre, car il tenait serrées contre lui les Saintes Paroles écrites sur un éclat de peau dans un petit étui de cuir protecteur. Quant à la louve, la louve n'avait pas peur, elle connaissait la mer d'ici au pôle Nord. Le rat, lui, attendait l'occasion de les dépouiller de leurs sous. En attendant, il payait tout pour les mettre en confiance et, quand il voulut leur faire payer le repas avant de les détrousser, il s'aperçut que ses hôtes n'avaient pas d'argent. Pas même des traveller's checks en bois ou du liquide en pétrole ? Des euros, des dollars ? Pas même de l'or blanc que la louve

aurait économisé ? Non, rien. Quoi ? ! Rien de la part de ces touristes pour qui il avait dépensé tant de belles paroles mielleuses ? C'était scandaleux ! Il voulut s'éclipser pour ne pas avoir à se disputer avec les serveurs jusqu'à en insulter les mères. La girafe, passant sa tête au-dessus du mur de la rue, le récupéra par le pantalon et le livra au restaurateur pendant que le fennec expliquait aux clients l'énorme arnaque dont ils étaient victimes. La venue de la police rendit sa liberté au trio de touristes équitables – puisque le voyeurisme n'était pas leur but. Fatigué de tout, du bruit, de la poussière, de la ville et de ses odeurs ils allèrent dormir au Point E.

Sur la plage, bercés par le ressac des vagues, ils rêvèrent d'aventures alors que l'Institut fondamental d'Afrique Noire restait illuminé et que la côte se dessinait par les multiples réverbères qui longeaient la rive à la queue leu leu : tournant le dos à la mer, ils regardaient la route que seuls empruntaient quelques taxis en maraude roulant à tombeau ouvert.

Non, pensait la louve dans la nuit chaude alors que le fennec s'était blotti au plus chaud de la girafe en recherchant sa tiédeur, non, ce n'était pas ici le bout du monde. Même si c'était le contraire de son monde à elle : chaleur, bruit, odeurs... ce n'était pas le bout du monde, elle n'était pas la seule à être déçue. La girafe faisait la grimace à réfléchir de son côté : tant de déplacements, avec leurs kilomètres et le temps consacré à les parcourir pour ça ? Le constat lui paraissait amer : tant de peine pour voir du nouveau vieux comme le monde ? Elle s'ennuyait, quoiqu'elle ne bâillât point, puisque les girafes ne bâillent jamais, ni ne mentent non plus d'ailleurs, elles-mêmes l'affirment. Au matin, la louve s'en ouvrit au fennec qui en parla à la girafe qui en décida derechef de rentrer dans son Sénégal Oriental, avec ses buissons épineux bien savoureux, ses herbes sèches comme des coups de trique, son sable qui craquait bien sous la dent... Elle avait craint de blesser ses amis en leur disant tout à trac la vérité ; mais puisqu'ils avaient compris que hors de son orient profond elle s'ennuyait à mourir, il devenait stupide de se gêner. Elle, la girafe mâle, avait été à son avis au bout du monde et maintenant qu'elle avait bien vérifié qu'il n'y avait rien à y voir, elle pouvait rentrer chez elle. Dans le jour naissant, elle prit son pied la route et de son amble infatigable engouffra la route de l'est, vers Thiès, Tambacounda et tous les villages qu'égrènent les hommes le long des routes. Elle se fit très discrète et rentra sans encombre à la maison. Quant à la louve et au fennec, ils étalèrent une grande carte du monde et l'étudièrent pour savoir comment ils s'y prendraient pour l'explorer.

A l'université Cheikh Anta Diop, où il y a plus de livres que de cailloux sur un erg, la louve et le fennec farfouillèrent dans la bibliothèque, cherchant des grimoires portugais, des portulans espagnols, des cartes marines anglaises, des journaux de bord hollandais, des routiers danois, des chroniques françaises, des récits arabes, des racontars de voyageurs. Disaient-ils la vérité ? Qu'est-ce que la vérité ?
« Les voyageurs aiment naturellement à parler de ce qui leur est arrivé, surtout lorsqu'ils sont hors de danger et qu'ils croient que leurs aventures méritent d'être sues. Je ne veux donc point dissimuler que je prends quelque plaisir à raconter ce qui s'est passé dans mon voyage.» Tout n'est-il pas dit dans cet

aveu d'Œxmelin ? La définition du récit comme plaisir et vérité irritait le fennec, et que cela eût été écrit en 1774 le laissait froid ; la louve quant à elle s'en délectait. « Le paradoxe, lui dit-elle, c'est que le récit est à la fois lui-même et la réalité, ou un fragment de la réalité. » Comme mystique, le fennec avait de l'action une idée simple : aller à l'essence. Mais celle-ci se multiplie en tant d'avatars ! Alors, il cherchait des lieux inconnus ou curieux, des itinéraires ; il poursuivait la diversité du monde. La louve, qui avait eu son content d'émotions dans son errance maritime, en traquait l'unité. Celui-là voulait courir les routes, celle-ci se pâmait de plonger au cœur des récits, où se nouent les liens qui tissent l'unité de l'humanité.

L'imagination de la louve s'enflammait aux vieilles narrations ; son voyage les ancrait dans le réel. Le fennec, lui, n'y voyait que mensonges, délires ou forfanteries, au mieux des approximations ou des mirages. Pour la première, son propre parcours lui donnait une seconde vue, lui permettant de mesurer ce qui bâtissait le récit : ce qui avait été vu, espéré ; elle lisait les déceptions, perçait les masques, élaguait les mensonges. Elle entendait que chaque document disait la vérité dans l'ici et maintenant de son auteur. Le fennec quant à lui en doutait ; pour lui, la réalité seule existait. « Mais quelle réalité poursuis-tu ? » lui demandait son amie qui cherchait la vérité. Ils divergeaient à compulser les archives. A lire les mêmes documents, ils en retiraient des opinions contraires. Ils se retrouvaient pourtant d'accord sur l'évidence que les voyages interrogent l'être.

Dans la toponymie de la Petite Côte sénégalaise, leur apparaissait la geste des navigateurs : Portudal, Joal, Palmarin... tous ces noms laissés par les découvreurs portugais qui, année après année, grignotaient la côte africaine pour atteindre le point où ils espéraient que la mer la contournait. Alors, eux-mêmes s'élanceraient vers les Indes, la Chine. Rubis et jade, or et diamants les y attendaient, pensaient-ils. Le poivre et la cannelle, les perles et l'encens rempliraient leurs cales... La mort pourtant avait plus souvent payé leurs peines que la fortune. Diego Cão, Jean-Baptiste Labat, Eric Tillerman... avaient abordé ici. Heureux temps où noirs et blancs, également forts dans la richesse et la violence, nouaient entre eux des échanges égaux dans la paix ou dans la guerre, ces deux commerces des hommes. Ils savaient reconnaître dans leur adversaire l'ami qu'il aurait pu être ; ils rendaient hommage au noble en face et stigmatisaient le félon chez eux, sachant que nulle société n'échappe au médiocre – même habillé de fanatisme. Tous se faisaient gloire de la grandeur partagée dans la confrontation qu'ils vivaient. Ils faisaient l'Histoire, et ne savaient pas qu'ils la faisaient. Puis les deux amis se tournèrent vers les récits des voyageurs qui avaient cheminé sur les routes intérieures, des années parfois. Ivres de rêves tout autant que les marins, ces marcheurs avaient traversé le continent. Beaucoup n'avaient laissé aucune trace dans les mémoires, on ignorait même qu'ils fussent partis ; certains n'étaient jamais revenus ; d'autres avaient pu laisser un récit de ce qu'ils avaient vu. Ainsi, au nom de Tombouctou étaient liés à jamais Abderhaman Sâdi, Alexander Gordon Laing, René Caillié, Heinrich Barth... Dans quelques récits, le fennec respirait comme l'odeur d'un mensonge, même s'il reconnaissait que ceux qui les avaient écrits étaient bien partis et revenus, et avaient vu. La louve quant à elle s'étonnait de tout ; elle admirait autant les conquérants venus par la mer que ceux qui fondèrent les grands royaumes du Sahel : Soundjata Keita, Kankan Moussa pour le Mali ; Sonni Ali, Askia Mohamed pour le

Songhaï, Mansa Wali Dione pour le Sérère, Yennega pour le Mossi. Elle se passionna pour Judar Pacha, qui conquit pour Al Mansour, roi du Maroc, les mines de sel du désert et écrasa le Songhaï... Elle lut avec passion cet anonyme chroniqueur portugais qui raconta son calvaire dans l'effondrement de Santa-Cruz du Cap de Gué, plus connu aujourd'hui comme Agadir. Elle mettait autant de passion à lire Ibn Battûta que Louis-Gustave Binger dans leurs voyages vers le fleuve Niger. (Elle s'amusait de la coquetterie du dernier à ne se faire citer qu'avec son grade militaire de capitaine, devant trouver son prénom trop bourgeois pour l'aventure qu'il vivait en ces terres inconnues – de ses compatriotes, s'entend – qu'il traversait.)

« Ne trouves-tu pas curieux, demandait le fennec, qu'on dise que Colomb ait découvert l'Amérique ? Caillié Tombouctou ? Pizarro le Pérou ? Etc., quand ces pays étaient déjà découverts, peuplés et riches et de haute civilisation bien avant leur arrivée ? Et toi, pourquoi t'intéresses-tu autant à ceux qui conquirent qu'à ceux qui furent vaincus ? » Et la louve répondit : « C'est celui qui écrit qui s'arroge la renommée : l'Amérique ne porte-t-elle pas le nom d'un cartographe ? L'histoire avance de son pas impérial. Sa grande horloge tourne. L'Europe a été découverte par les Africains, et elle était vide de tout être sur deux jambes alors... Et personne n'en a parlé, ou plutôt n'en a écrit, sinon les traces qu'ils ont laissées dans la terre : ossements, outils... et alors l'Africain, on l'appelle Homme. Demain sera différent. Restera, semblable à elle-même, l'aventure humaine initiée par des hommes et des femmes soucieux d'avenir et passionnés du passé, âpres au gain et rêveurs impénitents. Sa marche est toujours portée par des peuples et des civilisations qui se nourrissent des débris de leurs prédécesseurs. Malheur au vaincu, mais la victoire reste passagère, inéluctablement, le vainqueur s'engourdit et un barbare vient qui l'abat ! Alors _ comprends, qu'importe que je sois blanche ! Ne suis-je pas tout autant la fille d'Éric le Rouge que celle de Mansa Wali Dionne ? Ma sœur est autant Yennenga ou la Kahina, qu'Isabelle Eberhardt ou Alexandra David-Néel... L'Histoire se moque de nos petites mesquineries d'aujourd'hui, elle est un fleuve plus grand que le Nil, l'Amazone, le Congo, le Mississippi, la Volga ou le Yang Tsé... Elle roule nos rêves et nos espérances ; elle lime nos actions. De ce que nous croyons grand, elle fait de petits galets... »

La louve poursuivit une autre fois où le fennec la questionnait : « Tout voyage est une odyssée, et toute odyssée est dite par un beau parleur : récit ou épopée, approximation d'une vérité insaisissable. Qui débute le chemin est mort à lui-même quand il arrive : car le vrai voyageur part pour partir. Arriver n'est qu'une petite mort. La fin du voyage étant le voyage lui-même, un jour vient, pour les meilleurs, où, le cœur lavé, le voyageur connait qu'il est arrivé. Qu'il continue à bouger ou reste là où le saisit la vérité de soi, qu'il retourne en son pays ou tente un dernier exil, il sait et n'a plus rien à savoir, juste à vivre désormais. Le voyage intérieur qu'il poursuivait dans l'espace est fini. Comme l'orant qui s'isole au désert arrive à l'illumination : qu'il retourne parmi les hommes ou reste dans sa grotte, il est arrivé à son but. A chacun alors de continuer sa vie et sa route de la manière qui lui semble correspondre à son être tout neuf. Tout voyageur est un menteur, car la vérité est indicible, on ne peut en dire que des approximations. La vie n'est qu'apparences et récits. Faite de fragments éclatés, elle est un kaléidoscope. L'errance ? Nous avons commencé le jour où nous avons été chassés du paradis. L'homme a alors quitté l'Afrique pour conquérir le monde. On dit que la littérature a commencé par un voyage, celui de Gilgamesh.

Non, elle a vécu et réalité, tous les voyageurs bégayent : Caillié, Bouvier, César ou Œxmelin... (Parfois jusqu'aux contes de Jørn Riels ou aux délires de Raymond Roussel et d'Amos Tutuola, sans parler des récits de voyages qu'il n'avait pas encore faits qu'écrivit Frederic Prokosch!)

« A travers ce mensonge qu'ils cachent ou proclament, ils disent la vérité de l'être, car la lumière dénonce l'ombre, comme le chemin le paysage. Toi, va prendre ta route et quand tu reviendras, peut-être seras-tu de ceux qui ont fait silence sur cette grande aventure, ils en sortirent bâtis de chair et de rêve, ayant compris que l'on ne vit jamais que sa propre vie. Et si tu en écris, sache mentir pour augmenter la part de rêve dont dispose l'humanité. Dans les deux cas, tu seras trace dans le ciel. »

Le fennec voyait bien que la sagesse que possédait la louve venait de son voyage. La solitude qu'elle y avait connue lui avait ouvert les portes de la connaissance – fermées pour lui qui n'avait que prié en son désert de sable ocre. S'il avait plus médité, perché sur sa dune dans le désert de Mauritanie, peut-être n'aurait-il pas eu ce besoin de connaître le monde. L'impulsion qui lui avait fait suivre la louve dans sa quête du vaste monde, l'avait fait changer de voie. Puisqu'il en était ainsi, puisqu'il n'arrivait pas à se débarrasser du sentiment d'avoir été dupé par la réalité, il lui fallait continuer par les routes et les fleuves, marcher sous le ciel, flotter sur les vagues et les nuages. Il n'avait pas la sagesse de la girafe – cette africaine Miss Marple – qui avait vérifié que le monde hors ton village est le même que celui que tu connais dans ton terroir : il est juste habillé d'oripeaux différents. Il fallait donc qu'il reparte pour son propre compte, car on n'habite jamais que ses propres rêves. Ainsi passaient les jours.

Finalement fatigué de lire, d'annoter et de comparer, le fennec prit sa décision. La route ! Là était la connaissance qu'il recherchait. (Sa compagne, elle, ne se rassasiait pas de connaître les traces que les autres avaient laissées.) Partir est facile, ce qui l'est moins, c'est de quitter les lieux habités, les liens tissés et les choses inutiles accumulées, le fennec connut ce déchirement né d'une impuissance que le voyageur doit savoir rompre. Finalement, les deux amis se séparèrent, le cœur gros (n'en avaient-ils pas vécu ensemble des aventures sur les routes et dans les pages ?)

Comme cadeau d'adieu, la louve lui offrit une carte d'Afrique des temps très anciens, dessinée par Ronelinho ; elle ne lui servirait guère pour tracer sa route, mais on voyage autant dans les rêves que dans l'espace, dans les nuages que dans le temps ! C'est de chacun que dépend la réalisation de soi ; chacun a le devoir de réaliser au mieux ce qu'il peut être. La louve partit aux States, dont les bibliothèques sont à notre monde ce que fut Alexandrie pour l'ancien. Le fennec "prit son pied la route", et le chemin qui s'offrait lui parut infini.

Le train du Dakar-Niger l'amena à Bamako, et de là dans un de ces taxis-brousse qui vous font comprendre combien la vie est fragile, surtout la vôtre, il rejoignit Mopti dont les flottilles de pêche emmêlées le ravirent. Alors qu'il prenait une bière dans un bar, il entendit parler des falaises de Bandiagara. « Quoi !, lui dit un voyageur, vous ne connaissez pas le pays dogon ? » Va donc pour les falaises, leurs tombes dans les anfractuosités haut perchées et leurs villages de terre ramassés accrochés au roc.

Et d'étape en étape, le fennec rejoignit Ouahigouya puis atteignit Ouagadougou au cœur du pays mossi, où l'étourdit le flot des bicyclettes, vélomoteurs et voitures qui allaient leur chemin dans un flot de poussière et dans la fumée des échappements. Ayant trouvé un appartement à Dapoya (le lieu où le palais du Mogho Naaba, le roi des Moose, déposait ses décharges), le fennec eût à assister au décès de son propriétaire, Sawadogo Mouhamadou le Bienheureux, homme fort respectable, car il avait été trois fois à La Mecque. Rappelé inopinément par Dieu, le Bienheureux avait achevé la route tracée par Lui (Qui seul sait ton heure et quand elle arrive, tu dois te dire que c'était écrit : en te soumettant, tu acceptes Sa volonté et manifestes ta foi en Sa parole). Le fennec médita durant cette étape sur ce grand mystère de la vie et de la mort et en conclut que l'existence d'un voyageur s'efface de la terre. Au final, elle est une rayure évanescente de l'azur. Chacun ici n'est que trace dans le ciel.

7
le sculpteur lobi, les chats et la belle peuhle

le sculpteur lobi, les chats et la belle peuhle

En ce temps-là, niché au cœur des trois Volta, la rouge, la noire et la blanche, était un village lobi. Vénérant ses autels, il traitait avec bienveillance ceux qui les peuplaient de statuettes coulées au feu ou travaillées dans le bois. Kulanswonthe, était un jeune sculpteur si habile que sa famille le dispensait de travailler la terre. De tous les villages lobi, on venait lui demander des statuettes en échange de grain : représentations d'ancêtre, images de fécondité, bâtons de commandement, masques votifs. Ou encore des passeports de voyageur – qui sont deux faces sculptées s'emboîtant : l'une pour le messager, l'autre pour le destinataire du message – ainsi, qui va dans un lieu étranger porter une parole est reconnu pour être un ambassadeur autorisé. Kulanswonthe allait lui-même chercher des bois à sculpter, car il aimait les longues courses en forêt. Son grand plaisir était de lancer son imagination sur des branches tordues qu'il rapportait à son atelier et que ses mains travaillaient pour leur donner vie humaine sans leur faire perdre la vie végétale qui les avait façonnées. A côté, naturellement, comme tout bon sculpteur lobi, il pratiquait l'art de la fonte du cuivre : amulettes, perles, bagues ouvragées, petites figurines commémoratives ou bracelets ciselés ou en relief... Ses mains chantaient les formes multiples qui font la beauté du monde.

Il avait appris son art auprès d'un maître qui mourut heureux de laisser un élève qui le dépassait. Il lui avait transmis son art et, sans le vouloir, son rêve : quand il était jeune, avait-il raconté à son disciple un soir qu'un dolo plus capiteux qu'un autre avait affaibli son esprit et rendu son âme dolente (ou l'âge qui s'avançait pour lui générant en son cœur la mélancolie... ?), il avait tout compris de sa vie. Il avait vu une femme peuhle, la coiffure en cimier scintillante de perles multicolores; de lourds bracelets d'argent ornaient ses chevilles et aux bras d'autres, en ivoire, faisaient ressortir la clarté du teint de la jeune femme qui allait vendre son lait de maison en maison. Il l'avait regardée tout son saoul, mais il n'avait pas osé l'aborder. Elle, souveraine, n'avait pas eu un regard pour lui. Il n'en dit pas plus : l'extase le saisit. L'apprenti comprit que c'était d'elle qu'il tirait son génie. « Mais si un jour, se disait-il, un tel désir me prend, que je trouve en moi la force de le vivre, dussé-je pour cet espoir y laisser ma vie. » Et sa jeunesse oublia ce serment.

Dans ce temps, la présence de chats n'était pas courante dans les maisons des hommes, et le jeune Lobi n'y avait guère prêté attention jusqu'à ce jour où il rencontra un chat sauvage dans la brousse profonde, au bord d'un marigot.

Caché dans un buisson, Kulanswonthe resta à regarder se mouvoir, dormir, s'amuser le félin. Il était séduit par l'aisance, la puissance, la plénitude qui émanaient du pelage frémissant comme l'herbe sous le vent d'une tornade naissante et dont on sent la puissance retenue mais prête à exploser. Il se réjouissait de la joie animale qui faisait de chaque pose une prière. Parfois, les yeux jaunes se tournaient vers lui ; brillants de la puissance de l'or, ils coloriaient d'une aura mystique leur regard.

Naturellement, observer en forêt un éléphant ou un buffle est aisé, à condition de ne pas être sous leur vent, mais ces fauves à la robe discrète, c'est une autre affaire. Alors, le jeune homme chercha un chat et, pour en trouver, dût voyager. Il finit par en trouver un, puis une chatte qu'il rapporta chez lui et qui lui servirent de modèles pour les chats qu'il façonnait. Le village déborda rapidement de chats immobiles et de chatons bien vivants ; il apprécia au début de voir disparaître les rats qui autrefois vivaient dans les maisons mais trouvait que, vraiment…, le jeune homme pourrait quand même sculpter autre chose !

Finalement, pour ne pas trop importuner ses pays que sa passion fatiguait, Kulanswonthe se décida à partir dans le monde des savanes voir s'il ne pourrait pas y laisser quelques figurines félines en échange d'hospitalité. L'indépendance que vivaient les félins lui parut une école qui valait d'être suivie.

Il voyagerait de village en village, de peuple en peuple. Il irait voir ceux dont on parlait dans les veillées : les Anyi,

les Kô, les Dafing, les Moose.

Des forêts de l'ouest aux sables de l'est, quelle multitude de langues et d'ethnies l'attendait ! Il rangea ses pièces dans deux peaux de chèvre, y plaça ses quelques outils et prit la route. A chaque lieu où il restait quelques jours, il constatait que les rats (qui comme les hommes peuplaient eux aussi les villages) disparaissaient dans les nuits qui suivaient son arrivée. Et pas sans bruit ! Car, dans l'obscurité, on entendait miaulements et piaillements, hurlements et criailleries et, le matin, on trouvait des cadavres de rats dans les sentiers menant aux greniers. Kulanswonthe devint vite plus aimé pour ses chats immobiles que pour ses talents de sculpteur, ce qui le chagrinait un peu parfois. Il devait entretenir sa ménagerie de statuettes, car certaines d'entre elles, au matin, étaient rongées, blessées de griffures et de morsures, mutilées. Il devait réparer certains membres et parfois abandonner tout espoir : infirme, le chat sculpté devait être abandonné. Alors, il mettait la pièce au creux d'un arbre en forêt, l'abandonnant aux ancêtres qui veillent sur les vivants de cette terre. Il se disait que si les hommes, créatures de Dieu, deviennent des ancêtres par leurs bonnes actions, pourquoi les sculptures, créatures des hommes, qui faisaient à leur manière la preuve de leurs mérites par la beauté qu'elles répandaient sur terre, ne deviendraient-elles pas elles aussi des êtres immatériels veillant à la respiration heureuse des vivants ? Qu'il soit herbe, arbre ou animal, chaque être participe de la gloire du monde. En parcourant les vastes savanes, il lui arriva aux oreilles qu'un roi peuhl promettait sa fille à qui débarrasserait son pays d'une invasion de rats, aussi dangereuse qu'une de sauterelles. Si celles-ci détruisent

les récoltes avant qu'on ne les engrange, ceux-là rongeaient les greniers de paille, pénétraient dans ceux de terre par des galeries qu'ils creusaient dans le sol et dévoraient les réserves ! La famine frapperait les villages, affamerait les troupeaux et ferait chanceler le sceptre du commandement. Kulanswonthe décida alors de se rendre dans ce royaume. Plus il marchait, plus il se disait que son destin l'attendait là-bas, dans ce pays inconnu. Le récit de la rencontre que son maître avait faite, une vie d'homme avant lui, l'incitait à vivre cette aventure. Cette femme lui était destinée. Il s'en persuada. De génération en génération, les hommes répètent les mêmes espérances jusqu'à ce que l'un les réalise. Il lui paraissait évident qu'il était celui qui achèverait le vœu inabouti de son maître, car, quant à lui, il ne le transmettrait pas. Il marcha longtemps, dépassa le pays des Tcherma, celui des Tusian, ceux des Bobo et des Bwaba et atteignit le petit royaume peuhl aux frontières des terres arides de l'est. A voyager, il apprit à parler la langue véhiculaire des savanes, le dyula, mais il apprit aussi quelques bribes de chant bwamu, de la parole bobo, toutes langues curieuses, car étrangères, donc étranges. Et il apprit mieux encore que les hommes sont plus différents par ce qu'ils disent que par ce qu'ils vivent. Sa réputation de sculpteur n'avait pas atteint ces terres arides ; il est vrai que la distance était grande et il n'avait pu se reposer chaque fois dans des lieux des hommes. Le miracle de ses nuitées où ses chats détruisaient la

vermine s'était étouffé dans l'air des chemins.

Pour dormir, il se fiait au hasard des étapes. Il se réfugiait dans le creux des arbres, sa hache prête à frapper la panthère audacieuse qui aurait voulu l'en déloger. Enfin, il arriva chez le roi et entra, comme tout autre voyageur, dans la grande cour ombragée où le souverain se tenait, assis sur sa natte d'herbes des marais. Ayant préalablement déposé quelques perles et cauris sur la natte, il exposa sa requête auprès des conseillers et atteignit enfin le cercle restreint qui entourait le monarque.
— Et tu prétends débarrasser nos terres de cette calamité quand les meilleurs sorciers n'ont pu le faire ?, lui dit le grand conseiller quand le souverain restait silencieux comme à l'accoutumée. Immobile, enveloppé de ses grands boubous, le roi regardait le jeune Lobi presque nu, accroupi au pied de son siège. Il jeta un regard à l'orateur qui comprit et ordonna :
— Ouvre-nous tes sacs à fétiches.
— Ce n'est pas des fétiches, dit Kulanswonthe, c'est des chats. Les gardes ouvrirent les deux sacs de peau et les vidèrent sur le sable. La cour éclata de rire en voyant se déverser les statuettes : chat sautant un obstacle, chat agressant un ennemi imaginaire, toutes griffes dehors ; chats dormant, s'étirant, courant ; chat débarrassant son poil de la vermine en se frottant le dos dans le sable... Toutes les attitudes étaient là ! De fer, de cuivre ou de bronze, de bois...

Le roi regardait stupéfait le jeune Lobi et ses œuvres en se demandant quoi faire. (Il avait failli reprendre le rire de sa cour, mais cela eût condamné le sculpteur, alors il était resté serein, comme le réclamait l'honneur de sa

charge.) Et si c'était là le salut ? Allait-il repousser cette aide alors que le froid venant, jusqu'aux semences serait dévoré par l'invasion des rats ? La vermine avait nettoyé les champs ; elle s'attaquait aux épis engrangés. Les bêtes elles-mêmes crèveraient : il n'y aurait bientôt plus de poulets pour les sacrifices ; les chèvres et les bœufs devraient aller en brousse lointaine pour trouver de la paille, le lait manquerait. Et quand viendraient la saison sèche et les grandes chaleurs qui en marquaient la fin, la famine les décimerait ... Les rats attaquaient aussi les jeunes enfants, les saignant dans les lits de leurs mères, les dévorant si elles détournaient leur regard. Le souverain fit appeler sa plus jeune fille et la présenta au jeune Kulanswonthe, alors qu'autour de lui la foule de la cour voulait qu'on relevât l'insulte de lèse-majesté :

— Voilà le contrat que je te propose, car je n'ai qu'une parole : ma fille si tu réussis, la mort par bastonnade si tu échoues. Si tu refuses ce contrat, je te ferai seulement rosser et chasser d'ici. Je veux être clément à ta jeunesse : choisis tout simplement d'être un peu chicoté pour être venu dans la poussière près de ma natte relever un défi qui te dépasse. Retourne chez toi oublier cet incident avec femme de ton rang et de ta race.

Kulanswonthe, malgré lui effrayé, aurait bien repris ses statuettes et la route si le regard qu'il jeta à la jeune fille ne lui avait ravi le souffle. Elle était si belle, de peau claire, la coiffure en cimier, le regard franc et brillant. Elle avait le port des filles

que les canaris d'eau portés ont raidi de la nuque au talon et galbé jambes et dos ; elle avait les mains douces des femmes qui savent traire les vaches généreuses et massent les bêtes nouvelles nées ; ses hanches étaient larges et sa poitrine menue... Il ne put reculer devant la promesse : mourir sous la bastonnade n'était pas un risque : car il mourrait de langueur si par lâcheté il ne tentait pas sa chance. En un éclair, lui revinrent à l'esprit les rêveries qu'il avait faites durant ses longues marches. Non, il ne voulait pas, comme son maître, regretter toute sa vie et ne respirer que pour un rêve.

— J'accepte, dit-il. Mais il faut que tu me laisses le temps de faire d'autres figurines. Ce sont elles qui délivreront ton peuple.

Un murmure approbateur parcourut les rangs du peuple. Des ricanements se firent entendre chez les nobles. A regrets, le roi accepta. Le destin de l'homme dépend parfois sa propre volonté ; si tel était son désir, le jeune Lobi mourrait sous les coups ; quant à lui, il veillerait à ce que ce fût rapide (le gourdin du bourreau briserait la nuque avant de marteler les chairs et rompre les os).

Sur l'ordre du roi, auprès du marigot, où l'eau et la glaise abondaient, on lui fit une petite case de paille comme les nomades les construisent et il put modeler, modeler, modeler encore. Durant plusieurs jours, le jeune sculpteur fabriqua des statuettes de chats, des chats attaquant, mordant, griffant. Des félins d'attaque et de défense.

Des chats agressifs.
Il les façonnait en bois dur, en argile qu'il cuisait ensuite, en cire qu'il coulait en bronze. Le roi ne lui compta pas le cuivre, car sa fille, au contraire de celle qu'avait rencontrée le maître sculpteur, avait bien remarqué Kulanswonthe : le défi du jeune homme était devenu le sien. C'est elle qui lui portait dans des jattes de bois décorées au feu le couscous de mil noyé dans du caillé aigre juste miellé et des calebasses de lait. Quand il ne travaillait pas, il visitait le village de fond en comble, cherchant où se réfugiait l'adversaire rongeur, où il dormait, par où il passait... Il refit cent fois dans sa tête le plan de la bataille à venir.

Et un soir, il fut prêt. Les habitants ne devaient pas bouger. Le roi avait exigé que chacun restât chez soi sans intervenir. Le défi lui paraissait si fou qu'il ne voulait pas que l'échec lui fût attribué. Au fond, il aurait aimé que sa fille eût raison, que la magie du jeune Lobi marchât. Donc, que nul n'intervienne. Que le jugement de Dieu s'accomplisse. Avant la nuit, Kulanswonthe plaça ses chats dans le village. Près des greniers, près des maisons et dans le lacis des sentiers et des venelles. Tel un général, il disposa ses troupes en fonction des issues que l'adversaire pouvait trouver. Les points où les rats auraient pu fuir. Ils étaient verrouillés de sentinelles.

Il plaça des appâts pour attirer l'adversaire dans des nasses stratégiques que des chats de bronze, invulnérables, bloquaient... Et quand l'obscurité se fit : – nuit sans lune, propice à ces êtres nocturnes qui voient dans le noir comme l'homme à la lumière – son armée se tenait en ordre de bataille. Bientôt, ce furent des criaillements, des miaulements, tous rageurs. Des bruits de bagarres acharnées s'entendaient. La lutte dura toute la nuit et le silence se fit peu avant l'aube. Kulanswonthe sut que la victoire lui était acquise : plus aucun trottinement, plus aucun couinement.
Les rongeurs étaient vaincus.

Au soleil, quand on visita les lieux, ils étaient jonchés de cadavres de rats, on les rassembla pour les brûler loin des habitations. Des chats étaient détruits, même ceux de bronze étaient parfois brisés, ceux de bois avaient perdu des membres, des têtes, des queues étaient tranchées... Mais le royaume était sauvé ! Dans une grotte écartée dans laquelle le peuple croyait que s'y réfugiaient le jour, parmi les milliers de chauves-souris, des djinns protecteurs, on déposa pieusement les statuettes salvatrices. Le temps se chargerait de les ensevelir.

Le jeune Lobi emmena la belle Peuhle dans son pays, avec quelques nobles vaches aux cornes de lyre et au pis gonflé, quand le ventre de son épouse s'arrondissait de promesses futures. S'habituerait-elle à vivre avec des agriculteurs ? Repartirait-elle plus tard vers les grands troupeaux qui balançaient leurs migrations annuelles des forêts de l'Ouest aux savanes de l'Est ? Lui-même, d'avoir goûté à l'errance, resterait-il chez lui avec le même bonheur ancien qu'il y avait connu ? Ne mènerait-il pas à son tour un troupeau de bovins aux longues cornes d'est en ouest dans le balancement éternel des saisons ? Sagement, Kulanswonthe laissait l'avenir y répondre. Il faut savoir vivre dans le présent et l'espérance.

Table des matières

Le singe blanc et les femmes claires
Page 13

L'aigle pêcheur et les lamantins
Page 39

Le lièvre et l'hyène
Page 51

Le quatrième pèlerinage
de Sawadogo Mouhamadou
le Bienheureux
Page 59

Kourata Sinda
Page 117

La louve et le fennec
Page 139

Le sculpteur lobi, les chats et la belle Peuhle
Page 165

L'HARMATTAN, ITALIA
Via Degli Artisti 15; 10124 Torino

L'HARMATTAN HONGRIE
Könyvesbolt ; Kossuth L. u. 14-16
1053 Budapest

L'HARMATTAN BURKINA FASO
Rue 15.167 Route du Pô Patte d'oie
12 BP 226 Ouagadougou 12
(00226) 76 59 79 86

ESPACE L'HARMATTAN KINSHASA
Faculté des Sciences sociales,
politiques et administratives
BP243, KIN XI
Université de Kinshasa

L'HARMATTAN CONGO
67, av. E. P. Lumumba
Bât. – Congo Pharmacie (Bib. Nat.)
BP2874 Brazzaville
harmattan.congo@yahoo.fr

L'HARMATTAN GUINÉE
Almamya Rue KA 028, en face du restaurant Le Cèdre
OKB agency BP 3470 Conakry
(00224) 60 20 85 08
harmattanguinee@yahoo.fr

L'HARMATTAN CÔTE D'IVOIRE
M. Etien N'dah Ahmon
Résidence Karl / cité des arts
Abidjan-Cocody 03 BP 1588 Abidjan 03
(00225) 05 77 87 31

L'HARMATTAN MAURITANIE
Espace El Kettab du livre francophone
N° 472 avenue du Palais des Congrès
BP 316 Nouakchott
(00222) 63 25 980

L'HARMATTAN CAMEROUN
BP 11486
Face à la SNI, immeuble Don Bosco
Yaoundé
(00237) 99 76 61 66
harmattancam@yahoo.fr

L'HARMATTAN SÉNÉGAL
« Villa Rose », rue de Diourbel X G, Point E
BP 45034 Dakar FANN
(00221) 33 825 98 58 / 77 242 25 08
senharmattan@gmail.com

achevé d'imprimer
par 1 livre.com
N° 648873